AF561451

BIBLIOTHÈQUE RÉCRÉATIVE

SEPT HISTOIRES

DE

PETITS GARÇONS

BIBLIOTHÈQUE RÉCRÉATIVE ILLUSTRÉE

SEMAINE D'UNE PETITE FILLE

ÉDUCATION DE LA POUPÉE.

JEUX ET EXERCICES DES PETITES FILLES.

MILLE ET UNE NUITS (CONTES CHOISIS).

CONTES VRAIS.

DON QUICHOTTE DU JEUNE AGE.

MAGASIN DES ENFANTS.

PARIS. — IMP. SIMON RAÇON ET COMP., RUE D'ERFURTH, 1.

SEPT HISTOIRES

DE

PETITS GARÇONS

RACONTÉES

PAR

Mme EUGÉNIE FOA

PARIS

AMÉDÉE BÉDELET, LIBRAIRE-ÉDITEUR

RUE PAVÉE-SAINT-ANDRÉ, 14

SIX HISTOIRES

DE

PETITS GARÇONS

JEHAN BRIOCHÉ

I

L'ARRACHEUR DE DENTS

Il pouvait être cinq heures de l'après-dîner, le 17 juin 1650, un pauvre homme placé sur le devant d'une échoppe, criait à se démonter la mâchoire :

« Oyez tous, petits et grands, et tous ceux qui ont encore des dents : je suis le célèbre Brioché.

J'arrache les dents sans douleur ; voulez-vous cependant les garder ?... je les guéris avec mon baume spécifique, dont le secret m'a été révélé par un fameux juif nommé Josué, celui-là même qui arrêta le soleil dans sa course ; ce secret fut donné à un de mes aïeux, et d'aïeux en aïeux m'a été transmis... Voyez, sentez ! »

Et en même temps Brioché élevait en l'air un petit flacon, dont le contenu était à peu près rose :

« C'est un spécifique pour tous les maux de dents, les cors aux pieds, la migraine, les vapeurs d'estomac. En s'en lavant le visage tous les matins avant que le coq ait chanté, il efface les rides et rend à la peau la plus vieille la fraîcheur et le coloris de la jeunesse... Demandez... demandez, et cela se vend la bagatelle de six blancs... Je guéris chez moi, je guéris en ville, je guéris partout... Oyez, petits et grands... achetez mon baume et essayez-en : s'il ne vous fait pas de bien, il ne vous fera pas de mal. »

Et sans se lasser, le malheureux Brioché recommençait sa pompeuse annonce à haute voix ; mais il avait beau remuer ses flacons, crier, s'essouffler et montrer l'enseigne qui se balançait au-dessous de son échoppe :

JEHAN BRIOCHÉ ARRACHE LES DENTS.

personne n'entrait, personne n'achetait, personne même ne s'arrêtait. Ce que voyant, l'infortuné arracheur de dents souleva la mauvaise portière en tiretaine qui mettait l'intérieur de son échoppe à l'abri des intempéries de la saison, et entra dans une petite pièce carrée, dont les murs chargés de rayons, étalaient aux yeux d'innombrables fioles, les unes blanches, les autres roses. Au milieu de cette chambre une femme vieillie plutôt par la misère que par l'âge, se balançait sur une chaise, et endormait un enfant qu'elle allaitait. A ses pieds, deux petites filles jouaient, et un peu plus loin, un petit garçon de dix ans environ, à la mine éveillée, moqueuse et triste cependant, regardait ce tableau d'un air indéfinissable.

— Allons, femme, à souper ! cria Brioché en mettant le pied sur le seuil de la porte.

— Avec quoi? demanda tristement la femme sans se bouger.

— Donne-nous ce qu'il y a, ma chère Madeleine.

Mais celle-ci n'ayant pas répondu, et n'ayant même pas fait mine de changer de place, Brioché appela ses enfants :

— Or çà ! Fanchon, Jacqueline et Lucette, écoutez-moi.

Les trois enfants s'étant approchés de leur père, celui-ci continua ·

— Ceux qui voudront aller se coucher sans souper auront un sol.

Les deux petites filles ayant consenti à ce marché, reçurent chacune un sol et retournèrent près de leur mère; quant à Fanchon, l'aîné des enfants, comme il gardait le silence, Brioché ajouta ;

— Et toi, Fanchon?

—Papa! excusez, dit Fanchon d'un petit ton réfléchi, tous les soirs vous nous dites : Ceux qui voudront aller se coucher sans souper auront un sol...

— Eh bien, est-ce que je ne le donne pas, ce sol? interrompit l'arracheur de dents.

— Excusez encore, papa, reprit le petit Brioché ; chaque matin, vous nous dites : Tous ceux d'entre vous qui voudront déjeuner, donneront un sol... Or, voilà bientôt un an qu'avec ces mêmes trois sols, — oh! ce sont les mêmes, papa ; voyez, j'y ai fait une croix avec mon eustache, — vous nous donnez... c'est-à-dire vous ne nous donnez pas à souper, et vous nous donnez à déjeuner...

— Eh bien, petit raisonneur, qu'est-ce que cela prouve? interrompit Brioché d'un ton qu'il s'efforçait de rendre sévère, et dans lequel, malgré lui, perçait un secret contentement.

— Cela prouve qu'il est inutile de prendre votre sol pour vous le rendre demain matin, dit Fanchon ; d'ailleurs, je n'ai pas besoin de vous pour souper.

Disant ces mots, l'enfant sortit deux petits pains blancs de dessous sa blouse, et en offrit un à son père et un à sa mère.

— Merci, merci, mon cher enfant, dirent-ils tous les deux à la fois.

Alors, Fanchon coupant un de ses pains en deux, en donna la moitié à chacune de ses sœurs.

— D'où te viennent ces pains? lui demanda sa mère.

Fanchon répondit :

— Un pauvre pèlerin passait sur le pont neuf. Il n'avait rien vu de sa vie, à ce qu'il paraît, car il s'émerveillait de tout ce qu'il voyait. Pendant qu'il était là, le nez en l'air, Pierrot, le fils à la vieille Lavandière, vous savez, — ce mauvais garnement qui a de si longues jambes, — lui a volé son mouchoir ; j'ai vu le coup, je le guettais ; je le lui ai repris, et l'ai rendu au pèlerin, qui a été bien content, car il n'en possédait pas d'autre. La Mercier, la boulangère, qui se trouvait là, m'a dit : C'est bien, mon garçon, et m'a donné ces deux petits pains blancs qu'elle portait à une pratique.

— Viens que je t'embrasse, moi, puisque c'est la seule récompense que dans ma misère je puisse te donner, dit le père Brioché. Et maintenant, ferme la boutique et couche-toi, tu as de la paille neuve aujourd'hui. Et nous, Madeleine, allons au logis, voici bientôt la nuit.

Cela dit, Brioché, sa femme et leurs enfants, prirent le chemin de la rue Guénégaud, dans laquelle ils occupaient une petite chambre ; et Fanchon, qui les avait accompagnés, revint tout seul et en chantant vers le pont Neuf.

Il tenait toujours son petit pain blanc intact dans sa main et allait le porter à sa bouche, lorsqu'en tournant les yeux vers le château Gaillard, il resta la bouche ouverte tenant le pain à moitié chemin.

II

LE CHATEAU GAILLARD

C'était un des plus beaux points de vue de Paris que celui de la Seine pour le spectateur qui, du pied de la tour de Nesle, contemplait la silhouette de tant d'églises et d'édifices qui s'élevaient au-dessus des maisons de la Cité : Notre-Dame, la Sainte-Chapelle, le palais de Justice, le pont Neuf avec la *Samaritaine*, et un peu en arrière de la tour de Nesle, le château Gaillard.

C'était un fort joli petit château, composé seulement d'une tour ronde, et situé vers l'extrémité méridionale du pont Neuf sur le quai Conti.

Ce qui avait attiré l'attention du petit Brioché, c'était un homme d'un âge avancé, vêtu en pèlerin. Une longue barbe blanche descendait sur sa poitrine ; sa robe de bure, serrée par une corde à sa taille, était couverte de poussière, et ses sandales usées tenaient à peine à ses pieds. Ce pèlerin s'était approché de la porte du château et y frappait à coups redoublés.

La vitre d'un œil-de-bœuf situé au-dessus du pignon qui s'avançait en saillie sur le quai s'ouvrit ; une tête chauve parut à l'ouverture, et une voix aigre, discordante, cria : Qui va là ?

— Un frère qui demande l'hospitalité, répondit le pèlerin.

— Le château Gaillard n'est pas une auberge, répliqua son vieil habitant.

Et au même moment le bruit de la croisée en se refermant coupa net la voix au pèlerin, qui tourna les yeux vers le quai, et dit en soupirant : « Où aller, mon Dieu ? »

En ce moment la voix claire et nette d'un enfant attira son attention ; cet enfant chantait une chanson bien connue alors :

« J'aperçois là-bas sur la rive
Le beau petit château Gaillard :
Ne répondant point au qui vive !
Qu'il fasse soleil ou brouillard.
A quoi sers-tu, dans ce bourbier ?
Est-ce d'abri ? de colombier ?
Est-ce de phare ? ou de lanterne ?
De quoi ? de port ? ou de soutien ?
Ma foi, si bien je te discerne,
Je crois que tu ne sers de rien ? »

Tout en chantant, l'enfant s'était rapproché du pèlerin, et tout les deux se reconnurent, l'un pour celui auquel on avait pris le mouchoir, l'autre pour celui qui le lui avait fait rendre.

— Encore vous? dit Brioché au pèlerin ; mais que murmuriez-vous donc quand j'ai commencé à chanter?

— Hélas! mon cher enfant, répondit le pèlerin, je priais Dieu de m'envoyer un de ses anges, afin de me guider dans cette grande ville, où je suis entré pour la première fois ce matin.

— Mon père dit que je suis un démon, répondit Fanchon ; mais pour vous je vais faire l'ange ; où voulez-vous aller?

— Hélas! dit le pélerin, j'arrive de la Palestine, et je sais seulement que j'ai ici une sœur mariée ; mais son nom, c'est-à-dire le nom de son mari, mais sa demeure, je l'ignore complétement.

— Avec des renseignements aussi positifs, vous êtes bien sûr, mon cher pèlerin, de coucher au bel air, dit Fanchon, cachant sous un grand sérieux l'espièglerie de cette réponse.

— Coucher au bel air m'est égal, j'y suis accoutumé, dit le pèlerin ; mais coucher sans souper, c'est plus dur, surtout quand on n'a ni dîné ni déjeuné de la journée.

— Pauvre homme ! dit Fanchon.

Et dans un élan sublime, oubliant sa faim, il mit son pain dans la main de l'étranger. Ce ne fut que lorsqu'il eut vu son petit pain englouti tout à fait dans l'énorme bouche du pèlerin qu'il sentit son estomac lui crier miséricorde.

— Je regrette, ajouta-t-il, de ne pouvoir vous en offrir davantage. Jusqu'à présent j'ai cru que mon père était l'homme le plus pauvre du monde entier; vous me prouvez le contraire, puisque vous ne savez où coucher... Eh bien, venez, suivez-moi, à défaut du château, l'échoppe vous donnera un gîte.

— Es-tu donc le maître de m'y conduire ? et n'as-tu ni père, ni mère, ni frères, ni sœurs ? demanda le pèlerin en suivant son jeune conducteur.

— J'ai de tout cela, dit l'enfant ; mais là où je vais vous mener, je suis le maître depuis sept heures du soir jusqu'à huit heures du matin.

— Comment ? demanda l'étranger.

— Cela vous sera expliqué plus tard, dit Fanchon... Mais, à propos, comment vous nommez-vous ? Moi, je m'appelle Fanchon Brioché.

— Et moi, Justin Chamouillé, dit le pèlerin. Que fait ton père? ajouta-t-il après un moment de silence.

— Un triste et vilain métier, monsieur, dit Fanchon ; vous pourrez tout à l'heure vous flatter d'être le premier qui soit entré chez lui sans crier... Regardez et lisez, si vous savez lire? »

L'enfant, en disant ces mots, s'arrêta devant une des premières échoppes situées sur le pont Neuf; et son doigt levé en l'air désigna l'enseigne avec laquelle vous avez déjà fait connaissance, mon cher lecteur.

— Ainsi, ton père est un arracheur de dents? dit le pèlerin.

— Oui, dit Fanchon, et moi je cours toute la journée pour lui chercher des pratiques.

— Aïe, dit l'étranger en portant si précipitamment sa main à sa bouche, que le petit Fanchon partit d'un éclat de rire.

— Ne craignez rien, dit-il ; je pense et crois voir que vous n'en avez pas de reste... Mais entrez...

Et Fanchon, soulevant la toile qui servait de porte

à la boutique du dentiste, introduisit l'étranger dans la petite pièce carrée que vous connaissez déjà.

— C'est ton père qui prépare lui-même ces essences? demanda l'étranger lisant l'étiquette des fioles, qui portaient presque toutes des noms différents.

— Les rouges, oui, dit Fanchon; quant aux blanches, c'est moi.

— Tu es donc un peu chimiste? demanda Justin Chamouillé.

— Ni chimiste ni dentiste, dit l'enfant.

— Alors comment fais-tu pour préparer...

— Oh! ce n'est pas malin, dit Fanchon : la rivière me fournit mes essences blanches; elle fournit aussi celles de mon père; seulement, il y ajoute une goutte de vin pour leur donner la couleur rose que vous leur voyez.

— Bravo! dit le vieillard; alors ton père peut dire de ses remèdes : s'il ne vous font pas de bien, ils ne vous feront pas de mal... A propos, où est ton père?

— Il demeure avec ma mère et mes sœurs, rue

Guénégaud; et moi, je couche ici..., là..., dit Fanchon en posant le pied sur la botte de paille.

— Où sommes-nous ici, demanda l'étranger.

— Sur le pont Neuf, dit Fanchon, qui entonna cette chanson de l'époque :

« Sois-je pendu cent fois sans corde,
Si jamais plus je vais chez vous,
Maitresse ville de filous,
Et si je me mets plus en peine
D'aller voir la Samaritaine,
Le pont Neuf, et ce grand cheval
De bronze qui ne fait nul mal,
Toujours bien net sans qu'on l'étrille,
Et qui porte le roi bon drille.
Pont! rendez-vous des charlatans,
Des filous, des passe-volants;
Pont Neuf, ordinaire théâtre
Des vendeurs d'onguent et d'emplâtre,
Séjour des arracheurs de dents,
Des fripiers, libraires, pédants,
Des chanteurs de chansons nouvelles,
De toutes sortes de donzelles,
De coupe-bourses, d'argotiers,
De maîtres de sales métiers,
D'opérateurs et de chimiques,
De fins joueurs de gobelets,
De ceux qui vendent des poulets. »

Tout en chantant, Fanchon avait vu le pèlerin

tirer de sa besace de petits morceaux de bois, dont les uns représentaient des têtes, les autres des bras et des jambes, puis les attacher ensemble au moyen de bouts de ficelle.

— Qu'est-ce que c'est que ça ? lui demanda Fanchon.

— Ça, ça m'a sauvé la vie, répondit le pèlerin. Assieds-toi près de moi, je vais te conter cela.

III

LA BOULANGÈRE

« Je suis de Mantes la Jolie, à quelques lieues d'ici. Tout enfant j'avais un goût particulier pour tailler avec mon eustache de petits animaux en bois.
« En faisant une provision de ces joujoux, me dit « un jour mon parrain, tu pourrais les vendre en « voyageant ; » et comme mes parents n'étaient pas

riches, j'adoptai cette idée et je partis... Je ne te nommerai pas, mon enfant, les pays que je parcourus ; il se fait tard, le couvre-feu va sonner, et si on voyait de la lumière dans ton échoppe, tu serais à l'amende... Qu'il te suffise de savoir que je gagnais pas mal d'argent, et que je l'envoyais à ma famille ; mais voilà qu'un jour je fus pris par les sauvages, et j'allais être croqué, bel et bien ! le feu s'allumait, la broche se préparait, lorsqu'il me prit fantaisie de sortir un à un de ma besace mes petits bonshommes de bois ; je les attachai à un grand bâton, et me mis à les agiter en chantant un air de danse de la France : *la Monaco*.

« Est-ce ma tranquillité au milieu de ces apprêts terribles, ou la gentillesse de mes petits bonshommes qui se démenaient à mesure que je tirais les ficelles, ou peut-être aussi l'air de *la Monaco* qui charma ces sauvages, bref, un d'eux s'approcha de moi, puis deux, puis trois, puis la troupe entière ; enfin le roi vint, — un fort laid personnage, sur ma foi, — mais enfin il m'offrit par signes d'échanger mes petits bonshommes contre un bon canot, qui me transporterait loin de leur affreux pays ; j'acceptai avec empressement, le marché eut lieu, et je fus sauvé. »

Le pèlerin en était là de son récit, lorsqu'un toc toc se fit entendre aux planches qui formaient la cloison de l'échoppe.

— Qui est là ? dit Fanchon.

— Moi, la femme Mercier, répondit une voix ; et la tapisserie se soulevant, une femme encore jeune, ronde, grasse, la figure joviale, parut à l'ouverture.

— Fanchon, dit cette femme au fils de Brioché, j'ai besoin chez moi d'un garçon de confiance ; je t'ai vu faire une bonne action ce matin, je n'hésite pas à te demander si tu veux entrer à mon service. Tu mangeras du pain blanc tant que tu en voudras.

— Il y a une heure, si vous m'aviez fait cette proposition, ma chère voisine, je l'aurais acceptée, mais depuis un moment j'ai une autre idée, répondit Fanchon.

La boulangère remarqua en même temps le pèlerin, elle s'inclina respectueusement devant lui :

— Vous venez de loin ? lui dit-elle.

— J'ai fait le tour du monde, répondit le pèlerin.

— Alors, vous devez y avoir rencontré mon frère, un gentil petit garçon, souple, menu, la mine éveillée, et toujours prêt à faire soit une malice, soit une bonne action. Il y a bien longtemps, bien longtemps qu'il a quitté le toit paternel.

— S'il y a si longtemps que ça, interrompit Fanchon en riant, le petit garçon d'alors doit avoir la barbe blanche aujourd'hui.

La boulangère continua :

— Nous n'avons reçu de ses nouvelles qu'une fois, il y a environ dix ans, la veille de mon mariage. Il nous a envoyé, de je ne sais plus quel pays lointain, par un saint missionnaire, tout ce qu'il possédait; cela a fait ma dot...

— Bonté divine ! dit le vieillard en se levant pour venir regarder la boulangère, ce saint homme ne s'appelait-il pas le père Boniface, de la compagnie des Enfants de Jésus ?

— Comment savez-vous cela ? demanda la femme Mercier étonnée.

— Et vous, ne vous appelez-vous pas Jacqueline Chamouillé ?

— Comment savez-vous cela ? dit encore la boulangère de plus en plus étonnée.

— Et n'aviez-vous pas deux ans lorsque votre frère partit ?

— Vous êtes un sorcier ! cria Jacqueline.

— Non, Jacqueline, je suis ton frère, dit le pèlerin ouvrant ses bras pour y recevoir sa sœur, qui s'y précipita : je suis Justin !

— Mon frère, mon petit Justin ! oh ! oui, je ne puis te reconnaître, mais... mon cœur me dit que c'est bien toi... Oh ! viens vite chez nous, que je te présente à mon mari. Le père est mort, Justin, mais la mère est toujours là ; elle a quitté Mantes, elle est chez moi. Oh ! viens donc, viens donc ! mais viens donc !

— Un moment, dit Justin souriant à la volubilité des paroles de sa sœur. J'ai un hôte à satisfaire, Fanchon.

— C'est vrai, j'oubliais. Fanchon, je te dois d'avoir retrouvé mon frère, reprit la boulangère avec la même volubilité. Sans le service que tu lui as rendu tantôt sur le pont Neuf, je n'aurais pas eu l'idée de venir te demander d'être garçon chez moi. Parle, que veux-tu?... mon cher enfant?... un beau petit pain blanc?... tu l'auras tous les jours de ta vie, vivrais-tu cent ans.

— J'accepte le pain pour ma mère, répondit Fanchon; mais je veux pour moi, c'est-à-dire, je désire que monsieur Justin m'enseigne à faire des petits bonshommes, et à les faire jouer.

— Je te donne ceux-ci, Fanchon, dit Justin, et je souhaite qu'ils te portent bonheur.

— Cela n'empêchera pas le petit pain blanc de demain, dit la boulangère.

— Si vous pouviez en faire l'avance ce soir... Votre frère a mangé mon souper, dit l'enfant en hésitant, et j'ai un appétit, un appétit!... qui en vaut deux.

— Viens souper avec nous, viens, cher enfant, viens; tu n'es pas un étranger pour nous.

IV

LES MARIONNETTES

Après avoir soupé comme de sa vie cela ne lui était arrivé, Fanchon revint dans son échoppe, mais il ne se coucha pas ; il passa la nuit à faire jouer les petits bonshommes de bois, à tâcher d'imiter le son de plusieurs voix, et à inventer des petits dialogues qu'il était censé leur faire tenir.

Son père le trouva, le matin, absorbé dans cette occupation :

— Des marionnettes ! cria-t-il ; d'où les tiens-tu ?

L'enfant raconta son aventure de la nuit.

— Fanchon ! dit le père Brioché d'un ton solennel, tu as fait hier une bonne action, et le bon Dieu t'en récompense : tu tiens dans tes mains ta fortune et la nôtre. En Italie, il y a des théâtres en plein vent, qu'on appelle *fantoccini ;* suis-moi chez M. le lieutenant de police, pour qu'il m'autorise à en élever un semblable, et donnons aujourd'hui même une représentation des marionnettes au peuple de Paris.

Le lieutenant de police, auquel un de ses agents avait raconté le trait du petit Brioché, accueillit parfaitement le père et le fils, et leur accorda leur demande.

Le même jour, au moyen de quatre planches et d'un vieux morceau de tapisserie, les Parisiens qui passaient sur le pont Neuf près de la statue de Henri IV s'arrêtaient émerveillés du nouveau spectacle qui s'offrait à leurs yeux. — Le père et le fils, cachés sous les rideaux, élevaient en l'air leurs acteurs de bois, qui récitaient de petites scènes, les unes comiques, les autres dramatiques.

Ce spectacle fit fureur : — Allons voir jouer les marionnettes, se disait-on dans tout Paris, à la cour comme à la ville. Les enfants surtout, pendant bien longtemps, n'eurent pas d'autre spectacle que celui-là. Brioché ayant laissé de côté ses dents, ses onguents et ses essences, fit rapidement une brillante fortune; son fils Fanchon lui succéda, et ne fut pas moins célèbre que son père.

Quant à la boulangère et à son frère Justin Chamouillé, ils furent depuis toujours liés d'amitié avec la famille Brioché, et Justin répétait à ses petits-neveux et aux enfants de Brioché :

— Vous le voyez, un bienfait n'est jamais perdu ; un petit pain blanc m'a fait retrouver ma sœur, telle est la source de l'immense fortune des Brioché.

LE PETIT ÉCLUSIER

Il y avait une fois, il y a bien longtemps, bien longtemps, un homme et une femme qui habitaient la ville de Harlem en Hollande. L'homme était éclusier ; cela veut dire qu'il ouvrait et fermait les écluses. Savez-vous ce que c'est que des écluses ?

— Non !

— Je vais vous l'expliquer : la Hollande est un pays entouré de canaux, de rivières, de fleuves. Si ces eaux n'étaient pas retenues par des écluses, la Hollande serait plus souvent sous l'eau que sur l'eau, ce qui ne serait ni agréable, ni sain pour ses habitants. Or, ce qui retient l'eau, ce sont de grandes portes de chêne placées de distance en distance et qui ferment l'entrée des bassins où se tient l'eau. Lorsque le pays a besoin d'eau, l'éclusier lève les écluses, un peu ou beaucoup, suivant le besoin qu'on a de l'eau, comme la cuisinière fait du robinet de la fontaine; puis l'éclusier referme toujours les écluses avant de s'en aller coucher, autrement la nuit l'eau coulerait, remplirait les bassins, déborderait, se répandrait dans le pays, l'inonderait et noierait tous les habitants. C'est connu, les petits enfants même ne l'ignorent pas. Je reviens à l'éclusier; il avait un enfant âgé de huit ans. Un jour, cet enfant demanda à son père la permission d'aller porter une galette à un pauvre vieillard aveugle qui demeurait en-deçà des écluses :

— Va et ne t'attarde pas, lui répondit son père.

L'enfant promit et partit. L'aveugle fut bien content de la galette, parce qu'il était pauvre et qu'il ne se régalait pas tous les jours. L'enfant fut bien joyeux d'avoir rendu l'aveugle content, et suivant l'ordre de son père, aussitôt qu'il vit la galette mangée, il salua l'aveugle et le quitta pour revenir au logis.

Tout en longeant les bassins remplis d'eau, car on était en octobre, époque à laquelle les eaux sont grossies par les pluies d'automne, l'enfant se baissait pour ramasser des petites fleurs bleues que sa mère aimait beaucoup; puis il chantait. Et gaiement, insouciamment, ainsi que le fait un enfant de son âge, il se baissait, se relevait, chantait et jetait au vent et sa voix fraîche et jolie et les jolies petites fleurs bleues dont il ne se souciait plus. Le chemin devenait de plus en plus solitaire, la campagne était déserte, on n'entendait plus ni les pas du villageois qui regagne sa chaumière, ni la voix rauque du charretier qui excite ses chevaux. Le petit s'aperçut bientôt que le bleu des petites fleurs se confondait au vert des grandes herbes, il leva la tête vers le ciel. La nuit s'avançait, pas une de ces nuits noires d'hiver, mais une belle nuit, claire, sereine, dans laquelle les objets ne sont peut-être pas aussi distincts que dans le jour, mais visibles cependant. Or, l'enfant pensa à son père, à sa recommandation, il se disposait à quitter le ravin dans lequel il était descendu et à remonter sur la berge; soudain, le bruit léger d'un filet d'eau qui semblait retomber sur des cailloux attira son attention. Il était près d'une des grandes portes de l'écluse : il regarde, il cherche; enfin, il ne tarde pas à découvrir une fissure dans le bois, et à travers cette fissure, l'eau qui coulait. Je vous l'ai dit plus haut, il n'aurait pas fallu être enfant de la Hollande pour ne pas comprendre tout de suite le dommage que pouvait causer cette eau qui ne tombait pas plus grosse que le doigt dans ce moment, mais qui bientôt allait élargir son trou, grossir, devenir une cascade, puis une nappe, puis un torrent, puis enfin une de ces inondations terribles qui causent la ruine des habitants et leur mort bien souvent. Or, mon petit Hollandais ne fit ni une ni deux, il jeta les fleurs qu'il tenait, et grimpant de pierre en pierre pour atteindre à la fissure, il plonge hardiment son doigt dans le trou, puis il voit avec bonheur l'eau s'arrêter et ne plus couler.

Cela alla bien un moment; l'enfant se réjouissait

de son stratagème, mais la nuit s'épaississait de plus en plus, et avec la nuit venait le froid. Le petit regarda autour de lui, il appela, personne ne vint, ni ne répondit. Il se résolut à attendre le jour, mais, hélas ! le froid devenait de plus en plus piquant, et le doigt passé dans le trou s'engourdissait ; du doigt, l'engourdissement gagna la main, puis le bras, mais l'enfant ne bougeait pas ; du bras, la douleur monta à l'épaule, l'enfant n'en bougea pas davantage. Bref, la douleur devenait de plus en plus forte, de plus en plus intolérable, le petit éclusier pleurait, il pensait à l'inquiétude de sa mère, de son père, à son petit lit où il aurait si bien dormi, mais il ne bougeait pas, car si malheureusement l'eau avait rompu la digue que son petit doigt opposait à sa fureur, non-seulement il se serait noyé, mais aussi son père, sa mère, ses voisins, ses voisines, le village entier enfin... Donc, il pleurait, mais il ne bougeait pas. Le jour le surprit ainsi dans cette horrible position, sans que son courage eût failli une seconde. A ce moment, le curé qui revenait de prier la nuit près d'un mort, passa par là pour rentrer au presbytère.

Entendant quelques gémissements dans le fossé, il se pencha et vit un enfant assis sur une pierre, la figure pâle, les yeux baignés de larmes, et se tordant presque de souffrance.

— Que fais-tu là ? cria le curé au petit éclusier.

— J'empêche l'eau de couler, répondit simplement cet enfant, qui avait déployé dans une nuit tout le courage et la force d'un héros.

Pouvez-vous croire que l'histoire n'a pas conservé le nom de ce petit éclusier qui sauva son pays ?

Imp. Lemercier r. de Seine 57. Paris

LA FÉE AUX LÉGUMES

I

LA MARRAINE

Michel Fabert, imprimeur à Metz, se levait un matin de bonne heure pour se rendre à son imprimerie, lorsqu'il s'entendit appeler par sa femme, qui couchait dans une pièce voisine.

— Michel, lui cria-t-elle, viens voir le cadeau que je t'ai fait cette nuit.

Michel obéit, et le premier objet qu'il aperçut sur le lit de sa femme, fut un petit enfant.

— Je t'ai donné un fils, lui dit-elle ; je n'ai pas

voulu qu'on te réveillât ; pauvre homme, quand on travaille comme toi le jour, il est bien juste au moins qu'on te laisse dormir la nuit. Tiens, vois comme il est joli ; nous l'appellerons Abraham, c'est le nom de défunt mon pauvre père. Mais comme il est faible, je pense, sauf ton meilleur avis, Michel, que nous ferions bien de le faire baptiser tout de suite, Madame d'Épernon veut être la marraine de mon premier né ; passe donc, je te prie, à l'hôtel du gouvernement, et demande-lui son heure pour aujourd'hui ; puis, de là, tu iras prévenir M. le curé. Mon frère Philibert sera le parrain. Va, mon homme, va ; j'ai hâte de voir mon cher petit enfant ondoyé.

— J'y vais, Madeleine, répondit Michel Fabert, qui pendant le discours de sa femme n'avait cessé d'embrasser, de regarder, de caresser le petit marmot ; et, le posant sur le lit, il mit sa veste des dimanches, brossa ses gros souliers, posa son tricorne fièrement sur son front, et sortit.

En arrivant à l'hôtel du gouvernement, Michel Fabert trouva les domestiques très-agités : madame la duchesse, la femme de Jean-Louis de Nogarette de la Valette, duc d'Épernon, avait, ainsi que la femme de l'imprimeur, donné un fils à son mari. Les valets auxquels Michel s'adressa le mirent très-poliment à la porte, c'est-à-dire qu'ils se dispensèrent de lui donner des coups de pied, comme cela se pratiquait de laquais à vilains dans ce temps-là ; et Michel s'en revenait tête basse au logis, martelant son cerveau pour savoir quelle parente, voisine ou connaissance, il pourrait bien aller chercher pour remplacer madame la duchesse.

Or, il traversait la place du Vieux-Marché pour se rendre chez lui, lorsqu'il aperçut, sous l'auvent de l'établi d'une fruitière, un objet qui le frappa d'étonnement : c'était un assemblage de satin, de rubans, de légumes, de blonds cheveux, de petits pieds, de salade, de visage blanc et rose ; enfin une femme dans le costume le plus étrange, et qui dormait du sommeil des anges, à l'air un peu frais du matin, car on était au 11 octobre de l'année 1599.

Un fichu de linon blanc croisait ses deux bouts sur la poitrine de la dormeuse, et allait se nouer par derrière ; une robe de satin rose dessinait sa taille légère et pleine d'élégance ; sa personne, petite, fluette, mignonne, disparaissait presque en entier sous une forêt de cheveux blonds qui l'enveloppait comme l'aurait fait un manteau ; mais ce qui rendait ce costume remarquable, étonnant, inexplicable, était une immense quantité de légumes qui le décorait. — Une couronne de carottes serrait ce beau front, un collier de cresson serpentait autour de son joli cou, sa robe était semée de gros oignons rouges, un pied de céleri se dressait en aigrette sur sa tête, et le bouquet qui ornait son corsage était composé de ciboules, de persil, de thym et de laitue pommée. Michel s'approcha de cette femme, la réveilla, et lui demanda ce qu'elle faisait là ; l'inconnue ouvrit de grands yeux bleus, et sa bouche jeune et fraîche sourit à l'ouvrier comme à une ancienne connaissance.

— J'ai faim, mon fils, lui dit-elle ; donne à manger à ta vieille grand'mère... Puis, voyant qu'on ne lui répondait pas, car ces paroles de vieille femme qui contrastaient avec l'extrême jeunesse de l'inconnue, remplissaient Michel d'étonnement, elle reprit :

— Et quoi ! ne me reconnais-tu pas? Je suis la *Fée aux légumes*; c'est moi qui, tous les matins, couvre ce marché de fleurs, de fruits, de légumes... Mais j'ai faim ! je te dis, donne-moi à manger.

Michel connut alors qu'il avait affaire à une folle. Il allait se retirer, lorsqu'il la vit pâlir, se tordre, porter la main à son cœur, répéter ce cri de misère :

— J'ai faim ! et tout le visage charmant de cette femme se contracta sous l'impression d'une douleur poignante.

— Oh ! mon Dieu ! se dit le pauvre imprimeur, — serait-il vrai?

Et, prenant le bras de l'étrangère, il l'aida à se lever, la soutint, et prit avec elle le chemin de son logis.

Pendant que tout cela se passait le curé était arrivé, le parrain, les témoins, et l'on n'attendait plus que la marraine, lorsqu'un des parents, apercevant Michel, et derrière Michel une robe de femme, s'écria : « Voici la marraine ! »

Alors tout le monde se retourna en prenant un air respectueux pour saluer l'auguste et noble marraine, lorsqu'à la place de la duchesse d'Épernon, grande et belle dame, aux manières majestueuses et même un peu hautaines, on vit apparaître une petite créature attifée, comme j'ai déjà eu l'honneur de vous le dire, mes jeunes lecteurs.

— Bonne Vierge ! Michel, qu'est-ce que cela signifie? lui cria sa femme.

Sans répondre, Michel alla prendre sur le feu un bol de bouillon, il y versa une pinte de vin, et approcha cette boisson des lèvres de l'inconnue, qui l'avala d'un trait.

— Ah ! dit-elle en laissant échapper un soupir de contentement ; puis, regardant autour d'elle, elle arrêta ses yeux sur l'enfant : Vous m'attendiez pour la cérémonie, dit-elle ; c'est bien : je suis la Fée aux Légumes, et je vais doter le marmot de tout ce qui pourra le rendre heureux dans ce monde. D'abord il sera laid, et communiquera sa laideur à messieurs ses fils et à mesdemoiselles ses filles ; il sera paresseux, cela l'empêchera de se fatiguer ; il sera poltron, et par conséquent fuira tous les dangers ; il sera gueux, menteur, gourmand, et, dès la fleur de l'âge, épousera une vieille femme borgne. Et maintenant, partons.

Cela dit, et avant qu'on ait eu le temps de prévenir son mouvement, elle s'empara de l'enfant, et se dirigea vers la porte.

— Ah ! mon Dieu ! s'écria la mère du petit Fabert, cette folle va le tuer.

— Pas si folle ! madame, reprit l'insensée en se retournant gravement vers la femme Fabert. Je suis riche, je sais le pot de terre où mon grand-père a caché son argent, et le magot sera pour mon filleul.

— Laissez faire, Madeleine, dit un vieillard ; les fous portent bonheur dans une famille ; et puisque madame la duchesse ne peut pas venir, autant cette folle qu'une de vos voisines, qui n'ont guère plus de raison, allez.

— C'est bien, dit Fabert ; mais il faut qu'elle puisse répondre au prêtre.

— Hélas ! dit la folle d'un ton mélancolique et doux, en me faisant la marraine de votre enfant je sais à quoi je m'engage, monsieur.

Avec plus de raison qu'on était en droit de l'attendre de cette jeune et pauvre créature, elle posa l'enfant, puis, sans le perdre des yeux, elle se débarrassa de tous les légumes qui pendaient à son front, à son cou, à sa robe, elle releva ses cheveux, demanda un mouchoir, qu'on lui donna et qu'elle noua sur sa tête, pria qu'on lui prêtât un mantelet, qu'elle arrangea décemment sur ses épaules, reprit l'enfant, et s'avança avec lui vers la rue.

Arrivée à l'église, elle alla d'elle-même se placer devant le baptistère où se tenait le curé; on aurait dit que cette pauvre insensée avait un moment lucide et qu'elle comprenait la sainte mission dont elle s'était chargée. Toutefois le père de l'enfant ne se rassura que lorsqu'il lui vit faire le signe de la croix.

A toutes les questions du curé elle répondit si bien, que dans tout le courant de la cérémonie le saint homme ne se douta pas une fois qu'il eût affaire à une folle. A l'appel de son nom, elle dit se nommer Jacqueline Leperdriel. Elle fit sans hésiter la promesse de vivre et de mourir en chrétienne, et de veiller sur l'enfant dont elle remplaçait en ce moment le père et la mère; et quand on lui demanda quel nom elle donnait à son filleul, elle répondit : Abraham! c'est le nom du premier des patriarches, de l'homme aimé de Dieu !

La cérémonie terminée, on revint au logis, et tout reprit son cours ordinaire dans la maison de Fabert, si ce n'est qu'il y eut un être de plus, Jacqueline Leperdriel, ou *Jacqueline la Folle*, comme les gamins de la ville l'appelaient, ou *la Fée aux Légumes*, ainsi qu'elle s'intitulait elle-même. Ne sachant à qui la renvoyer, et trop bon chrétien pour abandonner une pauvre jeune femme dont la raison était égarée, Michel Fabert la laissa s'asseoir au foyer domestique.

II

AIME DIEU DE TOUT TON CŒUR ET TON PROCHAIN COMME TOI-MÊME

Le lendemain du baptême d'Abraham, Michel chercha la folle par toute la maison.

Elle avait disparu.

Ce fut en vain qu'on l'appela, que les petits garçons du quartier parcoururent la ville en tous sens pour retrouver la Fée aux Légumes, on ne la rencontra nulle part. Je vous laisse à penser, mes jeunes lecteurs, les commentaires qui se firent ; la plupart disaient : c'est une voleuse. Mais le pauvre Michel n'avait rien à voler ; rien ne manquait au logis, au contraire, on remarqua au cou du petit Abraham un médaillon que personne ne reconnut pour lui avoir appartenu ; c'était un petit cercle d'argent entourant deux verres superposés l'un sur l'autre, et entre ces deux verres il y avait des lettres écrites, que le prote de l'imprimerie déchiffra sans trop de peine. Voici ces paroles :

Aime Dieu de tout ton cœur et ton prochain comme toi-même.

— C'est une sainte ! s'écrièrent alors quelques vieilles femmes.

— Ou bien plutôt une fée, une vraie fée, se hasarda à affirmer le marchand de vin du coin, qui, en sa qualité d'ivrogne, croyait à tout.

Bref, comme la folle ne reparut pas, on finit par l'oublier, ou du moins on cessa d'en parler.

Dix années passèrent sur cet événement. Abraham était devenu ce qu'on appelle un enfant charmant; grand, posé, et remplaçant déjà, à l'imprimerie de son père, le prote, c'est-à-dire l'ouvrier le plus intelligent et celui qu'on paye le plus cher.

Cependant sous des dehors doux, paisibles et naïfs, Abraham laissait deviner un caractère fier et impétueux. Son seul bonheur était de manier des armes ; ce goût lui avait été suggéré et développé par le fils du duc d'Épernon, dont il partageait souvent les jeux et les études. En province, où les sociétés étaient rares, et où les enfants nobles avaient peu de compagnons de leur rang, ils liaient souvent amitié avec leurs inférieurs. L'imprimerie du père Fabert était située près de l'hôtel du gouvernement, et le voisinage avait établi une sorte d'égalité entre les jeunes ducs et le petit prote. Le fils aîné du duc d'Épernon surtout, le marquis Antoine, de deux années plus âgé qu'Abraham, ne pouvait se passer de lui. Un jour, cette amitié se changea en haine, et voici à quelle occasion :

Abraham et Antoine, tous les deux armés de fleurets mouchetés, s'exerçaient à une passe d'armes que le matin même le maître d'escrime leur avait apprise. Ils étaient dans la cour de l'hôtel qui donnait sur une place publique. Au plus fort de l'action, ils furent distraits par la présence d'une pauvre femme qui s'arrêta devant la grille. Son costume qui était celui des femmes du peuple, n'était cependant pas celui d'une Lorraine ; la poussière souillait ses vêtements, et on pouvait deviner à sa chaussure usée et grossièrement rapiécée, ainsi qu'à la fatigue qui décomposait ses traits et décolorait son visage, qu'elle venait de faire une longue route à pied.

Interprétant un signe de cette femme, le petit marquis s'écria brutalement :

— Holà ! la vieille, passe ton chemin ; je n'aime ni les mendiants ni les vagabonds.

— Avant de refuser une aumône, attendez qu'on vous la demande, mon petit monsieur, repartit la voyageuse.

— Insolente et pauvre ! c'est trop de ces deux qualités, la vieille, répliqua le marquis. — Allons, va-t'en, ou j'appelle les laquais de mon père.

— C'est mal à vous d'insulter cette femme, monsieur le marquis, dit Abraham d'un ton doux et ferme ; sachez au moins ce qu'elle désire.

— Je ne t'admets pas en ma compagnie pour me faire de la morale, mais bien pour m'amuser, lui dit Antoine d'un ton méprisant.

— Et s'il ne me plaisait pas de vous amuser ? répliqua Abraham, dont le beau front se couvrit d'une subite rougeur.

— Je saurais bien t'y forcer, petit manant, riposta le petit marquis.

— C'est ce que je suis curieux de voir, répliqua Abraham en croisant ses bras et regardant en face le jeune d'Épernon.

— Et c'est un plaisir que je ne te ferai pas attendre, dit Antoine appelant un laquais qui passait, un grand fouet à la main.

— Labrie ! cria-t-il au laquais ; viens ici avec

ton fouet, et si ce petit ne m'obéit pas, frappe d'importance ; puis, se retournant vers Abraham, il lui cria : — Danse, fils de vilain, je te l'ordonne !

Abraham resta un moment atterré sous tant d'impudence ; mais voyant le domestique qui, sur un signe de son jeune maître, s'avançait sur lui, le fouet levé, il fit un bond, démoucheta le fleuret qu'il tenait à la main, et, pâle de honte et de colère, il fit un pas vers le laquais.

— Si tu fais un mouvement, un geste, tu es mort, lui dit-il. Puis, se tournant vers Antoine, il ajouta : — Allons, monsieur le marquis, vous êtes armé, moi aussi ; à nous deux.

Pour toute réponse, le petit marquis toisa le jeune imprimeur ; et, jetant son fleuret à terre, d'un geste empreint du plus profond dédain, il s'éloigna.

— Je veux bien jouer avec un manant, dit-il, mais je ne me mesure jamais avec lui.

Le premier mouvement d'Abraham fut de lui courir sus ; mais s'apercevant qu'il était armé et que l'autre ne l'était pas, les larmes lui vinrent aux yeux ; il prit son fleuret à deux mains, le brisa, en jeta les morceaux loin de lui, et s'écria à son tour de l'accent le plus amer :

— Marquis d'Épernon, vous êtes un lâche !

— Tu vois bien que non, petit manant, puisque je te pardonne ton audace, répliqua le jeune marquis en se retournant un moment ; puis il disparut sous la porte de l'hôtel.

Comme Abraham sortait de la cour, dévorant sa honte et pleurant à chaudes larmes, il se sentit pris par la main, il leva les yeux et vit devant lui la vieille, premier motif de l'affront qu'il avait reçu.

— Viens, lui dit-elle.

Et le forçant à revenir sur ses pas, elle entra avec lui dans la cour, la traversa, et, s'avançant vers le perron :

— Holà ! hé ! cria-t-elle la voix haute et le front haut ; — un laquais !

Le même laquais au grand fouet reparut.

— Annoncez la duchesse douairière de Candale, dit-elle.

A ce nom, qu'on savait appartenir à une des tantes du duc d'Épernon, toutes les portes s'ouvrirent ; et bientôt le duc lui-même vint recevoir sa noble parente jusque sur la première marche de l'escalier.

— Quel bonheur et quel heureux hasard!... dit le gouverneur, que la duchesse interrompit aussitôt par ces mots :

— Ce n'est point un hasard, monsieur le duc, c'est un devoir pieux dont je viens m'acquitter ; mais avant, laissez-moi vous raconter ce dont je viens d'être témoin, et vous demander votre protection pour ce noble enfant.

— Ce petit Fabert? demanda le gouverneur.

— Oui, dit la duchesse ; cet enfant a du courage, de l'honneur et de la retenue ; puis elle raconta la scène que vous savez.

— C'est bien, dit le gouverneur. Et s'adressant à Abraham : maintenant, mon enfant, dis-moi ce que je puis faire pour toi, ce que tu désires.

— Être soldat, monseigneur, répondit l'enfant sans hésiter.

— Pourquoi? demanda le gouverneur.

— Parce que de soldat je pourrai devenir capitaine, et qu'alors personne ne refusera de se mesurer avec moi, répondit Fabert avec un geste de fierté.

— Reste là, lui dit l'inconnue ; je veux connaître ta famille et te ramener chez elle. Mais venons d'abord au motif qui m'amène à Metz. Vous devez être étonné, mon neveu, reprit-elle en s'adressant au gouverneur, de voir la duchesse de Candale sous les vêtements d'une paysanne de la Picardie ; mais j'avais une recherche à faire parmi les gens du peuple, et pour cela il me fallait paraître leur égale... Vous souvenez-vous de ma filleule? — Oui, — n'est-ce pas? la fille de mon jardinier, cette jolie enfant, si fraîche, si rieuse, si jolie ; un malheur dont je suis la cause involontaire l'a frappée : je me plaisais à lui faire porter les habits de ma fille, et ainsi parée elle était si jolie, que nous l'appellions *la Petite Fée*, et cette délicieuse créature, aussi spirituelle que bonne, ajoutait, en faisant allusion à l'état de son père, — *la Fée aux Légumes!*... Or, mon neveu, il y a bien de cela onze ans environ, je l'avais habillée de rose, je m'en souviendrai toute ma vie, et l'avais laissée seule ce soir-là dans mon boudoir.

Soit étourderie, ou autre raison, car je n'en ai jamais connu la véritable cause, la pauvre enfant mit le feu chez moi. Sa frayeur fut telle qu'elle en perdit la raison ; et, vêtue de cette même robe rose, elle se mit à courir les grands chemins ; mes gens, ma voiture se mirent à sa poursuite. On la trouva un matin, ici, à Metz, dans la rue ; on ne sut jamais où elle avait passé la nuit, et on me la ramena... J'ai soigné cette pauvre enfant comme j'aurais soigné ma fille... Elle est morte; mais avant de mourir elle a retrouvé sa raison, et voici ce qu'elle m'a dit : — qu'ici, à Metz, il y a dix ans, elle avait été la marraine d'un enfant, dont elle avait oublié le nom, qu'elle désirait laisser sa fortune à cet enfant, et que, pour le reconnaître, elle lui avait mis au cou un médaillon en verre, où étaient écrits ces mots :

Aime Dieu de tout ton cœur et ton prochain comme toi-même.

Mais, ajouta-t-elle, les parents de cet enfant auront-ils conservé ce bijou?... Tout à coup la duchesse s'interrompit, poussa un cri ; le médaillon dont elle parlait était devant ses yeux ; la main qui le lui présentait était celle de Fabert.

Vous devinez, mes lecteurs, que tout s'expliqua ; Abraham laissa à son père l'héritage de Jeanne Leperdriel. Antoine, honteux de sa conduite, la répara en demandant au duc d'Épernon qu'Abraham ne quittât pas l'hôtel. Mais à quinze ans et malgré l'amitié du jeune marquis, Abraham Fabert entra dans un des régiments du duc d'Épernon.

De soldat, il devint maréchal de France. — Le 17 mai 1662, étant malade à Sedan, dont il était gouverneur, et se sentant affaibli, il demanda un livre de prières ; un moment après, un domestique entra, et le trouva mort à genoux ; le livre de prières était ouvert à ces mots écrits à la main :

Aime Dieu de tout ton cœur et ton prochain comme toi-même.

A DURUY

AMBROISE DE BOUFFLERS

Ambroise de Boufflers naquit en 1734; il était le petit-fils de Marie, duc de Boufflers et de Flandres, qui s'immortalisa par son héroïque défense de Lille, contre le prince Eugène. Un tel nom imposait de grands devoirs. Ambroise fut mis en nourrice chez une bonne villageoise qui l'éleva en même temps que son propre enfant, nommé Raymond.

Le petit seigneur et le petit paysan purent pendant longtemps se regarder comme frères, tant ils furent traités également. Nourris du même lait, élevés sous le même toit, ils arrivèrent sans s'en douter à cet âge qui réclame les premiers maîtres. On ne voulut pas séparer les frères de lait. Raymond fut placé chez le concierge du château où demeurait Ambroise, et tous deux se réunissaient pendant le temps de leurs récréations et de leurs études.

Le caractère de chaque enfant se dessina bientôt avec ses avantages et ses imperfections. Raymond était un enfant gros et gras, couleur de rose et joufflu ; doué d'une patience inaltérable, et d'un calme à toute épreuve, il faisait sa besogne fort exactement, mais sans ardeur et sans passion. Ambroise, au contraire, bouillant, impétueux, se livrait avec vivacité à ses études, mais il était plus facile à distraire.

Outre les études communes aux deux élèves, Ambroise avait une sorte de précepteur qui lui était particulier. C'était un vieux soldat du duc de Boufflers, qui avait accompagné son maître dans toutes les campagnes. Vigoureux encore, malgré de nombreuses blessures, Alexandre (c'était son nom) ne laissait pas de posséder au plus haut degré plusieurs talents réputés alors indispensables pour l'éducation d'une homme, et trop négligés peut-être aujourd'hui. Le vieux Alexandre était un excellent cavalier, et un professeur d'escrime fort distingué. Il aurait pu lutter sans trop de désavantage avec les meilleurs maîtres de l'époque.

Aussi, dès qu'Ambroise put tenir un fleuret, dès qu'il fut assez vigoureux pour supporter le trot d'un cheval, il ne laissa jamais passer un seul jour sans prendre ses deux leçons favorites, l'une d'escrime, l'autre d'équitation.

A sept ans, le jeune Boufflers faisait l'exercice avec autant de précision et d'aplomb qu'un vieux soldat; et ce qui est une espèce de tour de force, il exécutait le maniement des armes sans laisser tomber un écu de six livres qu'on lui plaçait entre le coude et le côté. Dès l'âge de neuf ans, il avait des notions sur la tactique et sur l'art de la défense et de l'attaque des places. Il commandait les différentes évolutions militaires, et rangeait en bataille avec intelligence une petite armée factice.

Le maniement des armes, l'habitude du cheval,

et tous ces exercices violents si nécessaires à un homme de guerre, ne sont cependant pas toujours sans inconvénient, soit parce qu'ils font trop négliger la culture de l'esprit, soit parce qu'ils inspirent aux jeunes gens qui y réussissent le mieux une trop haute opinion d'eux-mêmes, et un souverain mépris pour les maladroits, sans aucune disposition pour ces différents genres de talents.

Au nombre de ces derniers était le petit Raymond. Il n'avait jamais su monter à cheval autrement que sur un bâton. Toutes les fois qu'il avait essayé de franchir une barrière ou de sauter un fossé, il l'avait toujours fait aux dépens de ses genoux ou de son nez : si bien que le pauvre enfant avait complétement renoncé à toute espèce de gymnastique. Pour se dédommager, Raymond s'était jeté à corps perdu dans l'horticulture. On le rencontrait toujours un herbier sous le bras ou une serpe à la main. Il avait un instinct tout particulier pour découvrir les morilles et les champignons. Fallait-il une tisane pour quelque malade, on pouvait s'en rapporter à Raymond, il savait parfaitement choisir et reconnaître les herbes nécessaires pour chaque potion, et grâce à lui la pharmacie du château était toujours abondamment fournie des plantes usuelles qu'on y distribuait gratuitement aux malades.

On pense bien que les dispositions pacifiques de Raymond étaient quelquefois l'objet des railleries d'Ambroise, intrépide chasseur et hardi cavalier, qui à pied ou à cheval ne reculait devant aucune des difficultés qu'un homme peut surmonter.

Mais son amitié pour le pacifique et studieux Raymond n'en était pas moins vive. Ne voulant pas qu'on pût dire qu'un autre lui fût supérieur en aucun genre, le jeune Boufflers redoubla de zèle et d'ardeur. Il apprenait à la fois l'anglais et l'italien; il se nourrissait en même temps des lectures les plus propres à enflammer un jeune courage et à inspirer l'amour de la gloire, telles que la vie d'Alexandre, l'histoire de Duguesclin, de Bayard, de Henri IV, les victoires de Turenne, l'histoire du grand Condé, de Louis XIV et de Villars.

Un soir que le jeune Boufflers relisait ces grands combats avec un enthousiasme impossible à décrire, Raymond, tout pâle et tout effaré, vint trouver son frère de lait :

— Mon cher Ambroise, lui dit-il, tu ne sais pas une bien triste nouvelle?

— Qu'est-ce donc ? répondit Boufflers.

— Je veux bien te le dire, parce que tu es mon ami, maïs je t'avertis que c'est un grand secret.

— Eh bien ! je saurai le garder ; mais, pour Dieu, dépêche-toi de me mettre au fait ; car tu sais que la patience n'est pas ma vertu favorite.

— Eh bien ! figure-toi que ce matin, je m'étais endormi dans le parc après avoir cueilli des champignons, lorsqu'en me réveillant, j'ai entendu ton oncle et ton père qui parlaient tout bas ; ils disaient que dans un mois ils allaient partir pour l'armée. C'est bien triste, n'est-ce pas? car enfin on peut être tué à l'armée.

— Vraiment, ils ont dit cela ?

— Aussi vrai que je te le répète ; mais ils ont ajouté qu'il ne fallait pas en parler pour ne pas faire de peine à ta mère.

— C'est bon, dit Boufflers, c'est bon !

— Comment, c'est bon? Mais qu'en penses-tu?

— Je te dirai cela un autre jour, s'écrie Ambroise, puis se mettant à courir de toutes ses forces, il va trouver son père.

— Mon cher père, lui dit-il de l'air le plus calme, vous savez que vous m'avez promis de m'accorder ce que je vous demanderais, si pendant deux mois je ne manquais à aucun de mes devoirs; eh bien! je viens vous prier de remplir votre promesse.

— Je n'y manquerai pas, mon enfant, répondit M. de Boufflers, sois-en bien certain; mais si je ne me trompe, il me faut encore quinze jours de sagesse, et alors seulement, je serai ton débiteur, et je m'engage encore sur l'honneur à t'accorder ce que tu exigeras, pourvu que cela dépende de moi, car tes égards pour Raymond ne m'ont point échappé, et je veux t'en récompenser.

En entendant cette réponse, Ambroise, pour mieux dissimuler sa joie, disparaît aussi promptement qu'il était venu. Il va trouver aussitôt le vieux Alexandre.

— Mon ami, lui dit-il, j'ai oublié de t'avertir qu'hier mon cheval s'est emporté en entendant tirer un coup de fusil, comment faut-il faire pour l'y habituer?

— Je m'en charge, répondit le vieil Alexandre, et je réponds qu'avant un mois, au lieu d'avoir peur, votre cheval sera aussi joyeux d'entendre un coup de fusil, que vous pouvez l'être en entendant sonner la cloche du dîner quand vous avez grand' faim.

Alexandre avait dit vrai ; à compter de ce jour il eut soin de tirer un coup de pistolet sur le seuil de l'écurie, chaque fois qu'il allait donner l'avoine au cheval d'Ambroise, en sorte qu'au bout de quelques jours le noble animal aimait le bruit de la poudre, autant que vous et moi aimons l'odeur d'un bon rôti.

Cependant, l'ordre de départ qu'attendaient le père et l'oncle du jeune Boufflers arriva plus tôt qu'on ne l'avait cru, et déjà ils préparaient secrètement leurs équipages, lorsqu'au moment où ils s'y attendaient le moins, Ambroise s'élance dans le cabinet de son père, occupé à visiter de grands pistolets d'arçon.

— Mon cher père, dit le noble enfant, les quinze jours sont écoulés ; voici mon précepteur qui vous dira si j'ai rempli mes engagements, et mon oncle que j'amène avec moi pour vous sommer de tenir les vôtres.

— Tout cela est bien, répondit M. de Boufflers avec une menace de mécontentement ; tout est très-bien, sauf cette manière peu respectueuse de douter de ma parole ; il n'était pas besoin de ton oncle pour témoin, car j'aimerais mieux mourir que d'y manquer.

— Eh bien ! mon père, puisqu'il en est ainsi, s'écrie Ambroise en l'embrassant, permettez-moi de vous remercier de la plus grande faveur que vous puissiez m'accorder, je venais vous demander de m'emmener avec vous à l'armée. Grâce à Dieu et à vous, je serai donc assez heureux pour faire ma première campagne sous les ordres des deux personnes que je respecte et que j'aime le mieux, ajouta le jeune Boufflers en regardant son oncle. Je n'ai que onze ans, mais avec l'aide du ciel, j'espère bien me montrer digne de vous et de mes ancêtres.

Peindre la surprise et la joie mêlée d'inquiétude de M. de Boufflers, voilà ce qui est impossible. Mais tandis que le père et le fils étaient dans les bras l'un de l'autre, le vieux Alexandre, occupé dans un cabinet voisin à fourbir un vieux sabre de cavalerie, ne put s'empêcher de s'écrier : Ah ! petit scélérat ! c'est donc pour cela que vous m'avez commandé d'accoutumer votre cheval aux coups de fusil ! c'est une véritable trahison, morbleu !

Que vous dirai-je de plus, Ambroise obtint ce qu'il désirait si ardemment, et partit pour l'armée avec ses parents et le vieux Alexandre, tout joyeux d'enseigner à son jeune élève la pratique après la théorie. Quant à Raymond, quand il apprit cette nouvelle, il se hâta de composer une petite boîte qui contenait les remèdes connus pour toute espèce de blessures, et il fut convenu qu'il accompagnerait son ami jusqu'à la frontière.

Nous étions alors en guerre avec l'Autriche et avec les Anglais ; le théâtre de la guerre était en Allemagne. Arrivé au camp, Ambroise monta d'abord la garde comme simple fusilier, puis il parvint de grade en grade jusqu'à celui de guidon.

Un jour que le jeune officier escortait une compagnie qui allait au fourrage, il rencontra une bande de hulans qui s'opposèrent à son passage. Il fallut en venir aux mains. Ambroise fit le coup de pistolet, et se battit avec autant d'audace et de sang-froid que s'il se fût trouvé depuis longtemps à de pareilles rencontres.

Revenu victorieux, et légèrement blessé à la main, il courut saluer son oncle, qui le prit entre ses bras, le serra tendrement contre son cœur et laissa échapper des larmes de joie. Il s'aperçut alors que l'enfant avait reçu trois balles dans les cornes de son chapeau et dans les basques de son habit.

— Pour avoir vu le feu d'aussi près, lui dit son père, qui accourut au même instant, tu m'as l'air bien gaillard?

— Je n'ai pas songé un instant à moi, répondit l'enfant, je n'avais qu'une crainte, c'était de perdre mon pauvre Alexandre, qui a risqué vingt fois sa vie pour moi.

Pendant sept mois, Ambroise subit les plus rudes fatigues de la guerre sans jamais proférer la moindre plainte. Dur à lui-même et plein de bonté pour le soldat, il ne manqua jamais à observer ponctuellement l'ordre et la discipline.

La veille de la fameuse bataille livrée près d'Ettingue, village situé sur le Mein, dans l'électorat de Mayence, le petit chevalier de Boufflers affecta plus d'assurance et de gaîté qu'à l'ordinaire. Croyant apercevoir un air d'inquiétude sur la figure du marquis de Boufflers :

— Eh ! mon père, lui dit-il, nous allons acquérir de la gloire aujourd'hui, et les Anglais verront beau jeu.

— Puisses-tu dire vrai ! répondit M. de Boufflers, je crois que l'action sera un peu chaude ; mais dans le cas où nous nous ne reverrions plus, embrassons-nous, mon ami, et fais-bien ton devoir.

Une demi-heure après cette scène touchante, le combat s'engagea sérieusement.

Ambroise; embusqué avec ses cavaliers le long d'un ruisseau, essuya un feu roulant qui dura trois grands quarts d'heure. Enfin les Anglais, commandés par Georges III, firent une manœuvre habile qui décida du sort de la bataille; le trouble se mit dans nos rangs. L'ennemi tirait à bout portant sur nos colonnes, et nos batteries étaient presque toutes démontées.

Cependant le jeune chevalier de Boufflers, qui n'avait point reçu d'ordres pour quitter son poste, y demeurait inébranlable, et voyait tous ses hommes criblés de coups tomber autour de lui. Enfin un boulet lui fracassa la jambe, et le renversa sans connaissance ; alors le pauvre Alexandre, qui ne l'avait pas quitté un seul instant, le prit sur ses épaules et le porta au quartier de réserve.

Trois fois il fut arrêté par les Autrichiens, trois fois il fut relâché à l'aspect de l'enfant évanoui et tout sanglant qu'il tenait entre ses bras. Arrivé au camp, on examina la blessure de l'héroïque enfant, et les chirurgiens déclarèrent qu'il fallait lui couper la jambe.

— Eh bien ! répondit Ambroise avec la gaieté naturelle aux Français, j'aime encore mieux perdre une jambe que la tête.

Avant l'opération, il écrivit la lettre suivante :

« Chère maman, je viens de recevoir une blessure à la jambe ; je ne vous cacherai point qu'il faut absolument qu'on me la coupe. Je souffre plus que je ne saurais le dire, mais c'est moins de mon mal que de la douleur que vous allez ressentir en apprenant ce malheur. Je pense bien survivre à l'opération ; mais s'il en est autrement, j'aurai du moins eu la consolation de vous embrasser dans cette lettre. Mais ne vous inquiétez pas, chère petite maman, dans peu je serai bien rétabli. Embrassez pour moi ma sœur et mon bon ami. »

Dès que sa lettre fut partie, Ambroise s'abandonna aux chirurgiens. L'opération fut faite aussi habilement que possible ; cependant le pauvre enfant ne put y survivre.

— Je me meurs, dit-il d'une voix étouffée, papa, je vais vous quitter ; portez à maman, je vous prie, ce dernier baiser. Ce n'est pas la vie que je regrette, c'est ma tendre mère, c'est de voir la bataille gagnée par les Anglais.

Telles furent les dernières paroles d'Ambroise de Boufflers.

A.D

JULES D'AMBRINE

HISTOIRE RACONTÉE PAR LE SOLDAT BELLE-JAMBE

Hector et Belle-Jambe paraissaient les meilleurs amis du monde. Un bel ormeau ombrageait de ses larges rameaux le devant de la maison du curé, un banc de gazon circulaire entourait le pied de l'arbre; Hector et Belle-Jambe étaient assis sur ce banc. Non loin d'eux, Jeanne, la servante du pasteur, debout et adossée au mur du presbytère, écoutait, sans cesser de filer sa quenouille, la conversation du soldat et de l'enfant. Petite, sœur de ce dernier, se glissant derrière l'arbre, parut tout à coup au milieu d'eux.

— Assieds-toi et écoute, lui dit Hector en la tirant par le bras, et la faisant presque tomber sur le gazon à côté de lui.

Tu vas entendre l'histoire d'un enfant bien plus jeune que moi, que Belle-Jambe a connu en revenant d'Égypte.

— L'aimable société verra, dit Belle-Jambe, qu'on peut être brave à tout âge, et que le petit du presbytère a raison, mille fois raison, de vouloir se faire soldat, c'est un bel état. Or, comme j'avais reçu une petite blessure au talon, ce qui me gênait beaucoup pour suivre la marche de l'armée, mon colonel me donna un congé de six mois pour aller me reposer et me faire soigner chez ma nourrice, native de Charenton. Je quitte donc l'Égypte, j'arrive en France, je me rends à Paris et je vais à Charenton : là, j'apprends que ma bonne nourrice a marié ma sœur de lait avec un pékin d'Anvers, et qu'elle habite cette ville, je m'y transvase. Je passe les scènes de la famille, les embrassements, les ah ! les oh ! etc. ; j'arrive à mon héros, au petit Jules d'Ambrine. Il venait tous les matins voir ma sœur, qui avait épousé le jardinier de l'hôtel d'Ambrine ; il lui demandait tantôt un bouquet pour sa mère, tantôt de l'eau pour arroser ses fleurs. Mais quand le petit m'eut vu, eut vu mes épaulettes de laine, mon sabre, ma giberne, mon fusil, oh ! ma foi, le goût guerrier lui poussa, comme la barbe pousse à dix-huit ans, il ne voulut plus me quitter. Belle-Jambe par-ci, Belle-Jambe par là, et l'exercice, et la charge en trois temps. Sa mère, madame d'Ambrine, se désolait, le père souriait... Bref, le traité d'Amiens étant rompu entre les Anversois et les Anglais, on parla de guerre, de débarquement, cela nous faisai danser de plaisir, le petit et moi. Enfin, Dieu merci, la guerre se déclare ; un corps de chasseurs est organisé, M. d'Ambrine en est nommé lieutenant... voilà qu'un jour, le petit diable de Jules vient à moi, et me dit :

— Belle-Jambe, penses-tu que les Anglais débarqueront avec leurs fils ?

Moi, je lui réponds oui, sans trop savoir ce que je disais. Aussitôt mon petit guerrier court vers son père :

— Papa, qu'il lui dit, si tu frottes les papas anglais, moi, je veux frotter les fils.

Le papa ne voulait pas, jamais encore on n'avait inscrit au contrôle de l'armée un soldat de treize ans.

Le petit ne se désespère pas, il va trouver le colonel, un ami de son père. Celui-ci se laisse attendrir, le petit est inscrit sur le registre, le voilà chasseur dans la compagnie de son père. Tant qu'il ne s'agit que de monter sa garde, de défiler à la parade, mon Jules alla fort bien, le père était tout glorieux, la mère toute charmée, mais tout n'est pas plaisir dans la guerre. Les Anglais viennent assiéger Flessingue, et le corps de chasseurs de M. d'Ambrine est nommé pour défendre la ville. M. d'Ambrine voulait laisser son fils à Anvers, mais le petit se révolta :

— Ne suis-je donc qu'un soldat de parade ? disait-il en sanglotant, j'ai quatorze ans, et j'aurais tant de plaisir à battre les ennemis de la France !...

Bref, on ne voulut pas priver ce pauvre enfant de ce plaisir, et il accompagna son père à Flessingue ; je le suivis en qualité de volontaire, bien entendu. Je ne dirai point à l'aimable société comme quoi les Anglais débarquèrent sur le rivage, comme quoi nous les reçûmes, et quel genre de politesses nous échangeâmes, ni combien de dragées nous nous envoyâmes à titre d'amitié; j'en viendrai tout de suite à mon petit héros.

Nous avions déjà pas mal couché d'habits rouges sur les bords de la mer, lorsque tout à coup j'entends mon Jules pousser un cri de rage, de douleur et de désespoir, — son père, M. d'Ambrine, venait de tomber mort auprès de lui.

— Vengeance, vengeance! cria ce bel enfant.

Je le vois encore, l'œil sec, enflammé, la poitrine haletante, jeter sur le corps du lieutenant un regard d'amour, de regret, et n'étant plus retenu par celui dont la tendresse craintive guidait ses pas, s'élancer dans la mêlée.

— Mon père! criait-il en faisant brandir dans sa petite main un sabre de vieux combattant, — mon père, attends-moi, je te vengerai, ou je te suivrai!... pauvre enfant!...

Et comme Belle-Jambe, vaincu par ce souvenir,

s'arrêtait, honteux d'une émotion qu'il cherchait vainement à déguiser, Hector, dont les joues s'étaient empourprées à ce récit, lui dit :

— Eh bien.,. mais achevez, vengea-t-il son père, ou le suivit-il ?

— Les deux, répondit le soldat en essayant de retenir une larme qui vint se perdre dans sa moustache. L'Anglais qui nous faisait plier, pliait à son tour. Jules poursuit l'ennemi, attaque un guidon, lui enlève son étendard, et court le déposer sur le corps de son père. Ce trophée lui valut le grade de son père, le général le nomma lieutenant sur le champ de bataille.

— Bravo, bravo ! cria Hector, oh ! qu'il dut être heureux, qu'il dut être heureux !

— Oh ! oui, bien heureux ! répéta Belle-Jambe ; car en revenant à Anvers, à la tête de sa compagnie, il reçut toutes sortes de récompenses : le premier consul Bonaparte lui donna un sabre d'honneur, et le préfet lui remit publiquement une médaille d'or, sur la face de laquelle étaient gravées ces lignes glorieuses :

LA VILLE D'ANVERS

A JULES D'AMBRINE, POUR SA BELLE CONDUITE

DANS L'ÎLE DE WALCHEREN.

et sur le revers, on voyait un jeune lion terrassant un léopard.

— Et sa mère? parlez-nous de sa mère, dit timidement Petite à Belle-Jambe.

— Oh! sa mère, mademoiselle, madame d'Ambrine était comme toutes les femmes : pardon, excuse! elle aurait préféré voir son fils négociant, couturière, notaire, toute autre chose enfin que soldat; elle le rêvait toujours mort comme son père.

— Mais il n'est pas mort? interrompit Hector.

— Pardonnez-moi, mon jeune ami, il eut ce bonheur-là, il mourut à la tête de son bataillon, et il n'avait que dix-neuf ans.

— Quel dommage! s'écrièrent à la fois Petite et Jeanne.

— Oui, vous avez bien raison, quel dommage! répéta Belle-Jambe, car il aurait été général à trente ans, et alors c'eût été le bon moment pour mourir...

— Eh bien, dit Petite à son frère, ça ne te dégoûte pas de l'état militaire?

— Ça me dégoûte si peu, dit Hector, que j'envie le sort de Jules.

— Sa mort? demanda l'orpheline en pâlissant.

— Sa vie d'abord, dit Hector, et sa mort ensuite, si elle doit être la conséquence d'une vie de gloire.

A. D

L'ÉLÈVE DU GYMNASE AMOROS

— Il ne s'agit pas de pleurer, Geneviève, il faut prendre un parti; disait un homme dans le costume d'un ouvrier couvreur revenant de sa journée, à une pauvre femme qui, assise sur le pied d'un mauvais grabat, allaitait un enfant. — Ton mari est mort, il est tombé d'une échelle, il s'est tué, c'est un grand malheur pour toi, pour ta famille; mais pleurer ne remédie à rien, vois-tu.

Et disant ces mots d'un ton brusque, pour cacher sans doute l'émotion que lui causait la douleur de cette jeune femme, le couvreur essuya, du revers de sa manche une larme qui bordait sa paupière.

— Mon pauvre Georges!... disait la femme.

— Encore, si ton fils était bon à quelque chose, reprit rudement le couvreur, en jetant un regard de dédain sur un enfant pâle, contrefait, débile, qui pleurait silencieusement assis par terre dans un coin de la chambre. Si ça pouvait seulement devenir un homme, cet enfant! je le prendrais avec moi, et je lui apprendrais à grimper sur les toits, à se tenir en équilibre sur les poutres, à se laisser filer le long d'un câble; mais non, tous les jours il devient pire, à peine maintenant il se tient sur ses jambes! Il a douze ans bientôt, ton fils, on lui en donnerait quatre, et en le flattant encore.

— Est-ce la faute de Jacques, mon frère, s'il est venu au monde ainsi contrefait? dit la mère d'un ton de reproche.

— Non certes, aussi je ne lui en veux pas, à cet enfant, je ne lui en veux pas, mais ce sera toujours une bouche inutile dans le monde... heureusement qu'il ne peut vivre longtemps, ajouta le couvreur à l'oreille de sa sœur. Puis se levant, il sortit de la chambre en criant : — Adieu, à demain, d'une voix qui trahissait le chagrin que lui causait la position de sa sœur et de sa petite famille.

— Heureusement que je ne peux vivre longtemps! répéta d'une voix douce et triste le pauvre enfant dont la douleur avait ce cachet profond et résigné qui n'appartient qu'aux âmes qui sentent vivement.

— Que dis-tu, Jacques? dit Geneviève.

— Que je ne suis bon à rien, ma bonne mère, que mon oncle a raison.

— Du courage, mon fils, en grandissant tu prendras de la force.

— Oui, si... dit l'enfant, mais il n'acheva pas sa phrase, et la mère trop absorbée dans sa douleur, ne lui demanda pas compte de cette réticence. Il était tard; un moment après, la pauvre famille se coucha, et le jour du lendemain n'était pas levé, que Jacques descendu dans la cour, regardait les laquais de l'appartement du premier étriller les chevaux, laver les carrosses, et se disposer à atteler.

On était dans l'été; bientôt une jeune fille descendit dans la cour. A sa vue, Jacques fit un cri.

— Sans béquilles ! mademoiselle Émilie.

— Comme tu vois, Jacques, répondit la jeune fille avec un doux sourire. Depuis hier je ne m'en sers plus, pourtant j'ai ce côté encore un peu faible, ajouta-t-elle, en montrant son bras et sa jambe gauches beaucoup plus minces que les membres du côte droit, et puis je suis toujours un peu contrefaite.

— Et mademoiselle croit qu'elle guérira tout à fait?

— Certainement Jacques. Songe donc que j'étais bien plus malade que tu ne l'es! tiens, Jacques, je suis sûre que si tu allais prendre avec moi des leçons de gymnastique, chez le colonel Amoros, tu guérirais.

— Je suis trop pauvre pour cela, mademoiselle, et on a dit à ma mère que ces maisons ortho... ortho..., je ne sais quoi, sont fort chères, et puis à quoi cela me servirait-il, puisque mon oncle dit que je ne puis vivre longtemps?

— Ton oncle ne s'y connaît peut-être pas aussi bien que notre docteur. Enfin, Jacques, n'as-tu jamais vu de gens âgés, boiteux et difformes..., ils ont bien vécu, peut-être, ceux-là !

— Mais ils ne sont pas, sans doute, obligés de gagner leur vie en travaillant, mademoiselle ?

— Pauvre Jacques ! dit Émilie avec compassion. Écoute, quand je serai mariée et que j'aurai beaucoup d'argent, je ferai avec bien du plaisir, je t'assure, tous les sacrifices que ton traitement exigera.

— Alors je serai trop âgé, mademoiselle, ou mort, qui sait?

— Mon Dieu ! mon Dieu ! Comment donc faire, dit Émilie frappant du pied d'un air de désappointement.

Mais voyant paraître dans la cour une dame un peu âgée, elle courut à elle en s'écriant :

— Ma bonne amie, permettez que Jacques vienne avec nous, au gymnase Amoros ; j'ai vu que vous donniez un cachet pour moi. Eh bien ! vous en donnerez deux.

— Cela m'est impossible, mademoiselle, répondit la gouvernante, et je ne puis disposer de vos cachets sans l'autorisation de monsieur votre père.

— Et mon père qui n'est pas ici ! s'écria Émilie, les larmes aux yeux, il est à la Martinique !... avant d'avoir une réponse,... mon Dieu ! mon Dieu !

— Ne vous désolez donc pas ainsi, mademoiselle, reprit la gouvernante, j'ai entendu dire que dans les établissements dirigés par M. Amoros, on recevait gratuitement, depuis plusieurs années, tous les élèves peu fortunés, qui ne peuvent payer aucun genre de souscriptions. C'est même d'autant plus louable de sa part, que l'entretien des gymnases aussi bien montés que les siens doit être fort dispendieux.

— C'est très-beau de la part du colonel, mais je veux payer pour Jacques, car si tout le monde y allait gratis, certes l'établissement serait bientôt ruiné.

— Mais avec quel argent payerez-vous, mademoiselle?

— C'est ce que vous verrez, ma bonne amie... Jacques, ajouta-t-elle en se tournant vers le pauvre enfant dont la figure pâle et souffrante exprimait tout l'intérêt qu'il prenait à cet entretien, — Jacques, tu vas me suivre au gymnase.

— Jamais je ne pourrai marcher jusque là, mademoiselle, dit Jacques tristement.

— Tu monteras dans ma voiture.

— Y pensez-vous, mademoiselle!... non, je suis trop mal vêtu, dit le pauvre fils du couvreur en jetant un regard de regret sur sa veste usée et son pantalon vert rapiécé de gris.

— N'as-tu pas des habits du dimanche?

— Oui, mademoiselle, mais ils ne sont guère plus beaux.

— Ils sont au moins plus propres : va les mettre, va vite.

Jacques obéit. Un moment après il descendit, un peu mieux vêtu, mais plutôt grâce aux soins minutieux d'une bonne ouvrière, qu'à la qualité de l'étoffe qui composait son vêtement.

Il fallut presque qu'Émilie employât son autorité, pour que les domestiques permissent au petit couvreur de monter dans le carrosse. Enfin, il se plaça sur la banquette de devant, plus étonné que charmé de se sentir emporté au galop de deux chevaux jeunes et fringants.

Rue *Jean-Goujon* on apercevait une maison blanche, d'un style particulier et élégant, sur le frontispice de laquelle on lisait : *Gymnase civil orthosomatique*, avec quelques autres inscriptions qui expliquaient la destination de cet édifice.

Ce fut en 1815, en France, que le colonel Amoros tenta ses premiers essais de gymnastique ; MM. Jomard et Julien de Paris, non-seulement le secondèrent puissamment, mais ce dernier insista fortement, dans ses tableaux d'éducation physique, morale et intellectuelle, sur les immenses avantages de la gymnastique.

D'origine espagnole, M. Amoros se distingua très-jeune dans les armées espagnoles. Après s'être donné, à lui-même, en Biscaye, les premières leçons de gymnastique, il forma deux compagnies de grenadiers gymnasiens à la tête desquels il fit des actions brillantes en Afrique et en Europe : puis devenu plus tard secrétaire-conseiller du roi Charles IV, et instituteur de l'infant don François de Paule, il forma à Madrid un grand gymnase que la guerre de 1808 a détruit. Naturalisé Français, c'est à Paris que le colonel Amoros acheva de s'illustrer, en consacrant sa vie à l'éducation physique des enfants, et en leur rendant le plus grand service que l'humanité puisse réclamer. Les sociétés lui décernèrent des médailles, la France vota des fonds pour son gymnase militaire, mais c'est dans nos cœurs où il doit chercher sa plus belle récompense.

Je reviens à la jeune Émilie, dont la voiture s'arrêtait devant le gymnase amorosien.

Les exercices n'étaient pas commencés. Les professeurs, tous jeunes et agiles, portaient le même uniforme, pantalon et gilet blanc, ceinture tricolore, petit berret bleu sur l'oreille. Groupés au milieu de la première cour, ils attendaient le signal. Bientôt parut au milieu d'eux un homme d'un âge mûr, mais avec toutes les apparences d'une forte constitution, il était vêtu d'une redingote bleue, dont la boutonnière était parée du ruban des braves, et un bonnet de police couvrait sa tête.

Il s'avança vers Émilie pour la saluer, mais son

regard observateur tomba de suite sur le pauvre Jacques, qui était absorbé par l'émotion que lui causait la vue d'un établissement où les pauvres enfants retrouvaient, avec la santé, l'usage de leurs membres perclus par la maladie.

Sans donner le temps au colonel de demander ce que faisait cet enfant, qu'il ne connaissait pas pour un de ses élèves, Émilie prit la main du colonel, et avec l'accent câlin que sait prendre une enfant pour obtenir ce qu'elle veut, elle dit :

— Je marche sans béquilles, colonel.

— Je m'en réjouis, mon enfant, reprit-il, et cela devait être ainsi.

— J'ai grandi de dix lignes depuis six mois ; oh ! je vous ai bien des obligations, colonel.

— C'est-à-dire à ma gymnastique, chère enfant.

— Oh ! à vous, colonel ; à vous, car enfin, j'étais bien plus malade que Jacques, et aujourd'hui je suis mieux que lui.

— Quel Jacques ?

— Cet enfant que vous voyez-là, colonel, dit Émilie prenant la main de Jacques, qui se cachait derrière elle, et le forçant à s'avancer devant le colonel. C'est le fils d'un couvreur : son père est mort hier, en tombant d'un toit, le pauvre homme ! sa mère est bien misérable, ayant à soigner un autre petit enfant ; pour celui-ci, voyez, colonel, il peut à peine se soutenir sur ses jambes.

Et pendant que M. Amoros examinait Jacques, relevant les manches de son habit pour voir ses bras, retroussant son pantalon pour examiner ses jambes, touchant l'épine dorsale de l'enfant, et lui faisant allonger chacun de ses membres, Émilie continua d'une voix insidieuse :

— Si vous vouliez, monsieur le colonel Amoros, nous ferions un arrangement ?... Oh ! mais ne me refusez pas, je vous en prie.

— Lequel ? disait le brave gymnasiarque en continuant son inspection.

— Cet enfant est très-pauvre, très-pauvre ; si on ne le guérit pas, jamais il ne pourra gagner sa vie. Il a une mère et une sœur à soutenir, et voyez, colonel, je suis sûre que mon pauvre Jacques mourra bientôt.

— Voulez-vous bien vous taire, petite folle, dit le colonel, se retournant subitement à ce mot de mourir!...

— Il mourra bientôt si vous ne prenez pitié de lui! mon cher monsieur Amoros, ajouta la jeune fille, en joignant gracieusement ses deux petites mains devant le colonel, trop occupé à examiner le pauvre Jacques et à combiner ses moyens de guérison, pour apporter une grande attention aux paroles d'Émilie.

— Tenez, permettez que Jacques prenne part à vos exercices, et je les payerai sur mes économies. Ou, si vous voulez attendre, je les payerai quand je serai mariée, et puis en outre, j'écrirai à mon père pour qu'il me laisse venir prendre vos leçons, quand même je serai complétement guérie.

Le colonel ne put retenir un éclat rire, en voyant Émilie le supplier de faire une action pour laquelle son excellent cœur n'avait pas besoin de prières.

— Il ne te faut pas tant d'éloquence pour me persuader en professant la bienfaisance, ma petite amie, lui répondit-il; crois-tu donc que je ne me plaise pas à la pratiquer par moi-même? — Je reçois ton protégé avec plaisir, à condition qu'il sera docile à nos enseignements et qu'il ressemblera à sa protectrice dans l'amour de faire du bien.

Disant ces mots, le colonel appela un professeur particulier, et désignant Jacques qui ne savait s'il veillait ou s'il rêvait, il ajouta :

— Prenez cet enfant, mettez-lui une ceinture et un nœud rouge sur l'épaule gauche, c'est ce côté qu'il faut fortifier. Et il expliqua les exercices que cet enfant devait faire, et ceux qui lui étaient défendus.

Puis il donna le signal pour sonner la cloche, et, peu après, enfants et professeurs étaient réunis dans l'enceinte du gymnase.

C'était un admirable coup d'œil, je vous assure, mes chers amis, que cette enceinte. Quelle belle combinaison que tous ces cordages, ces bâtons lissés, ces poutres, ces échelles ! On ne savait d'abord à quoi tout cela devait servir ; puis chaque enfant venait bientôt, sans effort et comme en jouant, résoudre ce problème.

La gymnastique était cultivée avec soin et honorée chez les anciens : elle faisait partie de l'éducation des hommes libres ; elle donne au corps cette beauté qui consiste dans l'harmonie du système musculaire due à la belle proportion des formes. Chez les Grecs et les Romains, les adolescents fréquentaient les gymnases, le Cirque et le Champ-de-Mars ; et les philosophes, les magistrats, les guerriers, en général, tous les citoyens prenaient part à ces exercices, afin de devenir plus forts, plus adroits, plus légers, et plus durs à la fatigue.

Non-seulement Amoros donnait aux élèves du gymnase de la santé, de la force et de l'adresse, mais encore il leur apprenait à ne considérer comme bonnes actions que celles qui sont utiles et inspirées par le courage, l'amour de l'humanité et de la bienfaisance.

Deux années s'étaient écoulées ; le printemps avait ramené dans un vieux château sur la Loire M. le baron de Marcel, père de la jeune Émilie, revenu de son voyage de la Martinique. Il s'occupait de quelques réparations urgentes à ce domaine de famille, et avait fait venir de Paris des ouvriers à cet effet. Dans la nuit qui suivit leur arrivée, le feu prit au château. Réveillé par les flammes, qui éclairèrent subitement son appartement, M. de Marcel se leva à la hâte, courut sur le lieu de l'incendie, appelant sa fille qu'il ne voyait pas, et pensa tomber de douleur au spectacle affreux qui s'offrit à sa vue : le bâtiment en proie aux flammes était celui où couchait son enfant. On ne pouvait y pénétrer que par un corps de logis voisin et presque consumé ; une seule poutre liait encore un édifice à l'autre. Malgré son âge et la goutte, qui paralysait une de ses jambes, le pauvre père voulut s'y élancer pour sauver sa fille ou mourir avec elle ; on le retint ; il poussait des cris affreux ; lorsque soudain un jeune homme, presqu'un enfant, se montra debout sur cette poutre, qui gémit sous ses pieds ; il la traversa avec assurance. Le plus profond silence succéda aux cris d'horreur ; l'âme de tous les assistants était passée dans leurs yeux ; M. de Marcel tomba à genoux.

L'intrépide jeune homme venait d'atteindre une croisée ; il l'escalada ; on le vit encore un moment dérouler une longue corde, ou échelle à consoles, et la fixer solidement au balcon de fer qui garnissait la croisée ; puis il disparut.

Aucun cri ne trahit l'anxiété des spectateurs. L'inconnu revint : il tenait une jeune personne cramponnée sur son dos ; il monta sur le balcon, saisit la corde et s'y suspendit avec cet intéressant fardeau, qui était bien assuré par une forte ceinture. Quelle horrible perplexité ! M. de Marcel ne put la soutenir, il ferma les yeux... Bientôt un cri de joie universel lui apprit que sa fille était sauvée.

Après les premiers instants donnés à la nature, la jeune fille jeta un regard sur son libérateur. Une exclamation de surprise échappa à tous deux :

— Jacques !

— Mademoiselle Émilie !

Puis, à la lueur de l'incendie, ils se considérèrent un moment en silence.

Ce n'étaient plus ces deux enfants tristes, impotents, la figure pâle, allongée, les traits flétris, et, à peine nés, déjà vieux. Séparés depuis qu'Émilie avait quitté le gymnase, et n'habitant plus le même lieu, ils se reconnaissaient à peine. Émilie, grande et belle fille, jouissait de toutes les apparences d'une bonne santé; Jacques était presque devenu un homme!

M. de Marcel n'apprit pas sans attendrissement l'acte de charité de sa fille, et ses démarches pour faire recevoir Jacques au gymnase amorosien.

— N'en suis-je pas bien récompensée? dit Émilie, en tendant sa main au jeune homme. Sans lui, vous n'aviez plus de fille, mon père; l'horreur de ma position, l'impossibilité où je me trouvais de me procurer une corde, une échelle, un moyen quelconque de salut, m'avaient fait perdre la tête, et j'aurais été brûlée sans Jacques.

— Ah! mademoiselle! dit le fils du couvreur avec sentiment, n'est-ce pas à vous que je dois la vie, que je dois plus que la vie, la santé, l'usage de mes bras, le bonheur de soutenir ma mère? Oui, mademoiselle, ajouta Jacques avec feu, je puis travailler, et, grâce même aux leçons de notre excellent professeur le colonel Amoros, je suis plus adroit qu'aucun autre pour mon état; déjà je gagne le pain de ma famille, et mes émoluments sont plus forts, parce que je travaille plus et résiste mieux à la fatigue.

— Brave enfant ! dit M. de Marcel, serrant dans ses bras Jacques, qui pleurait de reconnaissance, à compter de ce jour tu es aussi le mien. Je me charge de ton état, de ton avancement, je me charge de ta mère, de ta sœur !... Brave enfant ! ma fille a fait beaucoup pour toi, c'est vrai, mais tu le méritais ; tu en étais digne ; elle avait deviné ton cœur. M. de Marcel tint parole, et quelques jours après, lorsque, Jacques et son oncle, réunis dans la mansarde de la veuve, se réjouissaient ensemble de l'heureux changement survenu dans leur position, la pauvre mère serrait sur son sein la tête de Jacques, en baignant ses cheveux de baisers et de larmes, et en disant :

— Tu vois bien, frère, que mon Jacques n'était pas un être inutile : c'est lui qui fait aujourd'hui notre fortune.

— Oui, grâce au colonel Amoros, dit le frère.

— Grâce à mademoiselle Émilie ! reprit Jacques en soupirant.

A DURUY

TESTALUNGA

Le jour tombait, et de gros nuages noirs, partis des états romains, s'avançaient, poussés par un vent d'orage, vers la ville de Naples. A chaque instant le vent augmentait d'intensité, et les nuées qui s'amoncelaient, toujours en parcourant leur effrayante carrière, menaçaient d'inonder la petite ville de Terracine, située sur les confins des deux territoires.

Déjà de grosses gouttes commençaient à tomber, elles étaient suivies de quelques coups d'un tonnerre sourd et lointain, lorsque la cloche d'un couvent de moines bénédictins s'agita pour appeler ses habitants à la prière.

Ce couvent était réputé l'un des plus riches de l'Italie, et celui où les enfants recevaient la meilleure éducation ; aussi des villes les plus lointaines les parents y envoyaient-ils leurs héritiers, et Rome, Naples, lui avaient confié les enfants des familles les plus illustres et les plus riches.

Donc, ce soir-là les enfants, réunis sous le porche de l'église après la prière, causaient entre eux à voix basse, s'interrompant de temps à autre pour jeter des regards craintifs sur les vitraux coloriés que la pluie fouettait avec violence, que les éclairs inondaient de clarté, en faisant soudain ressortir leurs vives couleurs, et que le bruit de la foudre ébranlait, en les faisant craquer dans leurs liteaux de plomb.

— Quel temps affreux ! dit le petit Julio, fils de la princesse romaine Albertini !

— Si l'un de nous contait une histoire pour nous distraire un peu de ces vilains coups de tonnerre qui me font peur? dit Bianco, orphelin et héritier d'une grande fortune. Son frère, de deux ans plus jeune que lui, serrait sa jolie tête blonde dans ses deux mains pour ne pas entendre les éclats de la foudre...

— J'en sais une, dit le fils du vice-roi de Sicile, une qui va bien nous amuser ; c'est l'histoire de *Testalunga*, le hardi brigand.

— Merci, Léopold, dit Bianco, pas de brigand, je te prie ; une autre.

— Qu'est-ce que c'est que le Testalunga ? demanda Gaetano, le fils d'un riche joaillier napolitain.

— C'est un des hommes les plus extraordinaires du monde, dit Léopold ; d'abord, comme son nom vous l'indique, il a une tête si longue, si longue...

— Comme celle du frère Sterno, le portier, interrompit Mosé, frère de Bianco.

— Oh ! mille fois davantage, répondit Léopold ; c'est effrayant à voir, et puis c'est rare...

— Est-ce que tu l'as vu ? demanda un nouveau pensionnaire, arrivé depuis peu de Rome.

— Je suis en vie, Marini, n'est-ce pas ? répondit Léopold, donc c'est une preuve que je ne l'ai pas vu.

— Quoi! sa vue tue-t-elle? demanda Bianco, déjà tout pâle.

— Comme un coup de foudre, roide; dit Léopold avec assurance.

— Un violent coup de tonnerre interrompit soudain le babil des écoliers et les rendit muets, Bianco, qui tourna par hasard ses regards vers un pilier de l'église, poussa un grand cri.

— Qu'est-ce donc? dirent tous les enfants en se levant.

— C'est moi, mes petits amis, dit une voix mielleuse derrière eux; et un homme portant le costume des frères de la maison se détacha de la colonne où il était adossé.

— Que vous m'avez fait peur, frère Sterno, dit Bianco en riant de son effroi, je vous ai pris tout d'abord pour Testalunga.

— Testalunga!... répéta le portier en faisant un pas en arrière.

— Oui, dit Bianco, un hardi brigand dont Léopold nous assourdit les oreilles depuis deux heures.

— Bast! dit frère Sterno, tout ça ce sont des contes.

— Conte vous-même, répliqua Léopold en colère; quand je vous dis que c'est vrai, et que mon père a fait offrir cent écus à celui qui dirait seulement où il est.

— L'orage se calme, dit le portier, la cloche du souper va bientôt sonner, et ceux de vous, mes enfants, qui voudront venir me trouver dans ma loge, je leur raconterai de bien belles histoires, et surtout plus véritables que celle de Testa... Testa... Comment as-tu dit, Bianco?

— Testalunga, dit Mosé; ah! tant mieux, car tu sauras, frère Sterno, que je n'aime pas les brigands.

— Moi, je voudrais savoir où il est, cet homme, dit Julio, j'irais bien vite le dire à ton père, Léopold.

— Est-ce pour gagner les cent écus? demanda le portier en s'efforçant de rire.

— Fi donc, frère Sterno, pour qui me prenez-vous? dit Julio.

— Mais pour un noble seigneur, c'est un vilain rôle, dit le portier, mieux vaut sans nul doute...

— Être brigand, interrompit Julio; merci, j'aime

mieux le faire pendre qu'être moi-même le pendu.

La cloche du souper fit cesser la discussion. Alors l'orage s'était tout-à-fait apaisé ; mais comme l'herbe était trop humide pour qu'on laissât les enfants jouer au jardin, ils se répandirent par groupes dans les corridors, dans les cours, dans les cellules particulières de quelques élèves privilégiés.

Le même groupe que vous connaissez déjà s'étant réuni dans la chambre de Léopold, un peu plus grande que celle de ses voisins, la même conversation se continua.

—Je déteste ce portier, dit Julio ; il a un air hypocrite qui me donne toujours envie de lui appliquer un grand coup de poing entre les deux yeux, pour les lui faire un peu lever seulement.

— Il les tient peut-être ainsi par humilité, dit Bianco, qui passait pour être le favori de frère Sterno.

— Et puis, les drôles de questions qu'il vous fait! ajouta Julio. Ta mère est-elle bien riche?... où demeure-t-elle?... combien a-t-elle de valets ? Enfin, n'a-t-il pas été la semaine dernière, jusqu'à me demander où ma mère serrait son coffre à bijoux!... Qu'est-ce que ça lui fait... voyons?

— Et c'est pour causer, donc, répondit Bianco.

— Pour causer!... Encore une fois, qu'est-ce que ça lui fait?

— Tu n'as pourtant pas à te plaindre de lui, Julio, dit Bianco en le menaçant du doigt, car dimanche dernier tu es rentré un peu tard, et il ne l'a pas dit au supérieur.

— Bast... le grand crime que j'ai fait là!...

— Et ces belles pêches que tu as dérobées dans le fruitier l'autre jour?...

— Oh! pour les pêches... c'était mal, j'en conviens.

— Frère Sterno t'a vu, il pouvait te faire gronder, et il ne l'a pas fait.

— Ce n'était pas faute d'envie.

— Et qu'est-ce qui l'empêchait de parler?

— Son patron.

— Comment son patron?

— Écoute, et ne me trahis pas. Il y a un mois, c'était la fête de maman, tu le sais; elle aime beaucoup les fleurs, et moi, dans la nuit du jour où je devais aller la lui souhaiter, j'ai escaladé le petit mur du jardin du supérieur, je ne lui ai pris que deux fleurs, mais les deux plus belles, et surtout les deux plus rares. Je m'en revenais avec mon larcin, lorsque je fus surpris par ce maudit portier, qui rôde la nuit encore plus que le jour... Le scélérat voulait aller rapporter, me faire gronder, et pis que cela, me faire mettre en retenue. Je le priais, le suppliais ! J'invoquais tous les saints du Paradis à mon aide ; mais il demeurait inflexible comme un roc, le brigand ! lorsque, par le plus grand de tous les hasards, je nommai saint Antoine ; alors je le vis s'adoucir ; il me laissa rentrer au dortoir, et le lendemain, lorsque le carrosse de maman vint me prendre, je vis bien que frère Sterno avait été discret, puisqu'on me laissa sortir, et qu'on ne me confisqua pas même mes fleurs qui étaient cachées dans la coiffe de mon chapeau.

— Et puis, cette manière dont il est entré dans le couvent, dit Léopold... A mon avis, le supérieur n'a pas fait preuve de prudence en cela.

— Est-il comique celui-là ; dit Bianco! est-ce que par hasard tu voudrais en savoir plus long que le supérieur, toi? ah! tu me fais rire, va, avec ta prudence.

— Est-ce qu'il n'y a pas long-temps qu'il est ici? demanda Marini.

— Depuis six mois seulement, mon ami, dit Léopold, et toi qui as bientôt douze ans, qui es raisonnable, tu vas juger si j'ai raison. Imagine-toi que c'était un soir, il faisait noir comme chez le loup ; frère Fabiani, l'ancien portier, était malade. Voilà qu'on entend contre la loge des espèces de gémissements : on va voir, on trouve un homme qui paraissait évanoui, on le fait entrer, on le secourt; mais voilà que lorsqu'on lui demande son nom, il dit qu'il est un fils de famille ruiné, qu'il a honte, lui si pauvre, si misérable, de porter un nom fameux comme le sien, qu'il veut le taire.

— Ça,... c'est très-probable, observa Bianco.

— Imagine-toi encore, Marini, que ce pauvre Fabiani meurt cette même nuit, et ce qu'il y a de plus extraordinaire, c'est que cet homme, qui ne veut pas dire son vrai nom, demande la place de portier, et on la lui accorde.

— Ah! Léopold, dit Bianco, tu oublies de dire que d'abord il s'était confessé au père Dominique, et le père a dit que la confession de frère Sterno était celle d'un saint, d'un ange.

— D'un saint, d'un ange! répliqua Léopold; je ne connais pas d'ange, mais pour les saints, il n'y en a pas un qui n'ait un nom, et un nom connu, encore.

— Eh bien, lui, ne s'appelle-t-il pas Sterno?

L'horloge du couvent, qui sonna dix heures, interrompit une réplique un peu vive de Léopold.

— Vous faites tant de bruit, messieurs, dit Julio, que nous n'avons pas entendu la cloche pour nous coucher, il y a une demi-heure qu'elle a sonné, nous sommes de jolis garçons maintenant!

Disant ces mots, il s'avança vers la porte de la cellule, et fit deux ou trois efforts pour l'ouvrir.

— Voilà une serrure singulièrement rouillée, ajouta-t-il en redoublant ses efforts.

— C'est singulier, dit Léopold, son défaut est

d'être trop lâche : laisse-moi faire, Julio, elle me connaît moi.

— Ah, oui, joliment! dit Julio, en riant de voir que la clef résistait aussi à la main de Léopold.

— Ce Léopold a une assurance ! dit Bianco, riant aussi.

— Il ne doute de rien, dit Marini, en faisant autant.

— Chut donc, messieurs, dit Léopold d'un air consterné, nous sommes enfermés !

— Enfermés ! répétèrent-ils tous avec effroi.

— Oh, mon Dieu ! écoutez donc, reprit Léopold, la langue épaissie par la peur.

Tous les enfants firent silence, et alors ils entendirent distinctement des pas d'hommes monter l'escalier et s'avancer avec précaution dans le corridor. Léopold souffla sa lampe; les pas approchaient toujours, et l'obscurité redoublant leur frayeur, chaque enfant retint sa respiration pour mieux écouter, et ne pas se trahir.

Les hommes passèrent sans s'arrêter devant la porte de la cellule de Léopold, et déjà les enfants commençaient à respirer en essuyant la sueur qui couvrait leur front, lorsque le bruit aigu que rendit un objet en tombant sur le marbre des corridors les fit tressaillir.

— C'est une arme, dit Julio à voix basse.

— Un poignard ou un sabre, répliqua Léopold sur le même ton.

— Nous sommes perdus, cria presque Bianco.

— Tais-toi donc, lui dit Marini à l'oreille.

Mosé seul ne parla pas, il dormait.

Dire l'anxiété de ces pauvres enfants est chose qu'on aurait peine à décrire : debout, l'oreille collée à la porte et au mur de la cellule, ils écoutaient en tremblant ces pas d'hommes qui se perdaient dans la profondeur des corridors, qui s'éloignaient en descendant, ou qui montaient les degrés et qui revenaient plus distincts, plus sonores au-dessus de leurs têtes, et plus sourds au-dessous d'eux.

Et ne pouvoir fuir, s'échapper, aller se cacher, dans quelques coins retirés du jardin, ou dans les caves, ou dans l'église ! Mais, hélas ! la porte est fermée, et bien fermée en dehors ; la fenêtre est à quarante pieds au-dessus du sol, et d'ailleurs de grosses barres de fer la garnissent, et aucun de ces jeunes et faibles bras n'aurait la force d'en ébranler une seule.

— Que faire ? mon Dieu ! que faire ? se disaient-ils dans une perplexité qui augmentait de minute en minute.

Soudain, un grand bruit éclata de tous les côtés à la fois ; c'était comme des sanglots comprimés, comme des cris étouffés ; puis on roulait des meubles, des coffres ; puis on entendait des voix étranglées crier : *au secours! au secours!* et les piétinements redoublaient, et à tout cela se mêlaient des jurements, avec un accent qu'aucun de ces pauvres enfants ne reconnaissait.

— O ma mère ! te reverrai-je? dit Julio ne pouvant se soutenir sur ses jambes, et se laissant tomber à genoux sur le carreau.

— Mon père, mon père ! murmura Léopold les dents serrées.

— Mon frère, où es-tu? cria Bianco se jetant sur le lit où dormait Mosé et l'étreignant de ses bras.

— Sainte Vierge! protége-nous, dit Marini en se mettant en prière.

Au même instant, et d'un seul coup de pied, la porte de la cellule de Léopold fut enfoncée, la chambre se remplit d'hommes armés, et avant qu'aucun des enfants ait eu le temps d'appeler, de crier, de regarder seulement leurs ravisseurs, éblouis qu'ils étaient des éclats brillants de la lumière succédant à l'obscurité, ils se trouvèrent bâillonnés, les yeux bandés, et hissés chacun sur le dos d'un homme qui les conduisit hors du couvent; puis, assis bientôt sur le cou ou la croupe d'un cheval, ils furent emportés au grand galop sans savoir où.

Le lendemain matin, un paysan qui venait tous les jours porter le lait au couvent, trouva à son grand étonnement, la grande porte ouverte, et la grosse clef tenant à la serrure. Il entra, et entendant des cris étouffés, il s'empressa d'aller ouvrir toutes les cellules qui se trouvaient sur son passage; il délivra ainsi chaque bon père qu'il trouva bâillonné et attaché solidement à un clou planté dans le mur. Aussitôt libres, les malheureux bénédictins coururent au dortoir, dans les cellules particulières, à l'église, dans les caves, aux greniers, partout, criant, appelant chaque enfant par son nom. Hélas! aucun ne répondit, on n'en trouva pas un ; la désolation de ces bons pères fut à son comble.

Quelques vieux moines s'empressèrent d'aller visiter le trésor du couvent.

Coffres, or, argent, vases précieux, meubles de prix, jusqu'à chaque bénitier de vermeil qui ornait la cellule des supérieurs du monastère, tout avait été pillé.

On demanda avec angoisse le portier, le portier, frère Sterno.

Frère Sterno avait disparu.

Maintenant, mes petits amis, nous allons retourner vers ces pauvres enfants, dont le sort vous intéresse, j'en suis certaine, et dont je vous certifie l'histoire véritable.

On les avait conduits dans les montagnes, et le lendemain, au point du jour, on les fit comparaître devant le chef.

Ce chef avait un aspect si effroyable. Il paraissait

si grand, surmonté qu'il était d'un chapeau orné de sept à huit grandes plumes rouges; il avait des moustaches si noires, des favoris si épais, et puis tant de poignards, de pistolets autour de sa ceinture, un si grand sabre dans ses vilaines mains, que pas un de ces jeunes malheureux n'osa le regarder en face!

Mais lui, le brigand, il fixait sur eux ses gros yeux noirs; puis avec une grosse, grosse voix, il les appela chacun par leur nom, ce qui étonna beaucoup ces pauvres petits.

Puis il leur fit écrire à chacun en particulier à leurs parents ou à leurs tuteurs une lettre ainsi conçue :

« Le 10 septembre prochain, à minuit, vous déposerez aux pieds de la Madone, située sur les confins du territoire romain et du territoire napolitain, la somme de.....

(La somme variait suivant le rang et la fortune de ceux à qui on écrivait.)

« Si vous hésitez, si l'on aperçoit la plus légère apparence de trahison, au même instant vos enfants seront massacrés.

« Vous savez que nous tenons nos promesses. »

Et le brigand signa lui-même : TESTALUNGA.

Il arrivait souvent aux brigands de ces contrées de faire de pareils marchés, et nous leur devons de reconnaître que jamais ils ne manquaient à leur parole ; à l'heure dite, l'enfant était ou rendu ou massacré. Chacun le savait : aussi vous pensez bien, mes chers enfants, que les parents n'eurent garde de ne pas répondre à cet appel.

Les enfants furent rendus, à l'exception de trois : Julio, fils de la princesse Albertini, et Bianco et Mosé, tous les deux orphelins et héritiers d'une grande fortune comme je vous l'ai déjà dit.

Alors, Testalunga était absent, et son lieutenant, Fragonard, touché peut-être de la beauté et de la grâce naïve de ces trois jeunes créatures qui promettaient à l'Italie trois cavaliers des plus accomplis, prit sur lui de retarder l'exécution.

Quand Testalunga revint, il fronça prodigieusement ses sourcils, ce qui, au dire de ses gens, était une preuve de grand mécontentement ; et se rendant sur un roc des plus élevés, il donna ordre de lui amener les trois petits prisonniers.

Ils vinrent. Je mentirais si je vous disais qu'ils n'avaient pas peur : hélas ! ils tremblaient de tous leurs membres, ces jeunes enfants ; mais songez, mes amis, que le plus âgé, Julio, n'avait que douze ans, et qu'à cet âge on est trop faible pour avoir beaucoup de courage. Toutefois la supériorité qu'ils se reconnaissaient sur ceux devant qui ils comparaissaient leur rendit un peu d'assurance.

A leur vue, Testalunga ôta de sa bouche une fort belle pipe, et s'adressant à Julio, il lui dit d'un ton goguenard :

— Ah ! ah ! Julio, il paraît que ta mère, la fière et riche princesse Albertini, a préféré s'acheter un bijou qui relevât sa beauté, que de payer le prix de la rançon de son fils.

— N'insulte pas ma mère, lâche brigand, dit Julio ; et exalté par l'indignation, il osa regarder le chef comme pour le défier ; mais soudain, changeant de ton, il s'écria : Tu es frère Sterno.

— Jadis à ton service, dit Testalunga.

— Et maintenant..., dit Julio ?

— Maintenant, c'est toi qui es au mien, répliqua le chef reprenant sa grosse voix.

— Insolent! s'écria Julio, en lui montrant son poing, que Fragonard saisit aussitôt dans une de ses larges mains, en le menaçant de son poignard de l'autre.

— Laisse, Fragonard, dit Testalunga d'un air indifférent ; sur mon âme, le drôle a du cœur : eh bien, tant mieux! nous allons voir si son audace ne faiblira pas devant les apprêts de son supplice.

Pâle, mais avec une noble fierté peinte sur son front d'enfant, Julio répondit froidement :

— Je ne crains point la mort : mon père était brave, je suis son fils, je mourrai peut-être comme lui par un boulet ennemi, tandis que toi et les tiens vous ne finirez que par la main du bourreau.

— Per Bacco, dit Testalunga, tu es un plaisant prophète, mais qui prophétises à faux pour toi ; car en lisant dans l'avenir tu n'as point vu que Fragonard allait, avec son grand sabre, te couper la tête et celle de tes camarades.

Fragonard, entendant ces mots, tira son sabre du

fourreau, et s'amusa à le brandir au-dessus de ces trois jolies têtes blondes.

— Par laquelle faut-il commencer, capitaine? dit-il avec une joie féroce.

— Par la tienne, dit Julio avec fermeté.

— Il est brave, dit Testalunga en souriant, et il commande comme s'il était dans le palais de sa mère ; mais si je disais, moi, de commencer par la tienne?

— C'est ce que tu te garderas bien de faire, dit Julio.

— Et pourquoi cela, mon beau petit prince d'Albertini?

— Parce que ma tête te rapportera plus d'argent sur mes épaules que si tu la coupes.

— C'est vrai... mais comme la même considération ne doit pas m'arrêter à l'égard de tes amis, que leur tuteur laissera périr pour devenir leur héritier... Fragonard...

— Par saint Antoine, Testalunga, garde-toi de toucher à mes camarades! interrompit vivement Julio en s'élançant au-devant du sabre de Fragonard :

Je réponds de leur rançon, de la mienne ; frère Sterno, écris à ma mère, et fixe la somme.

Bianco et Mosé s'étaient tus ; l'effroi avait paralysé leur voix.

Le capitaine se leva, jeta sa pipe qui se brisa en éclats en tombant sur le roc, et se mit à se promener dans la plus vive agitation... Puis, au grand étonnement de Fragonard, il lui ordonna de remettre son sabre dans le fourreau.

Au même instant, le roc se remplit de brigands qui y arrivaient en grimpant de tous côtés.

— Capitaine, dit celui qui marchait à leur tête, le pillage du couvent a fait du bruit ; on nous cherche, on ne peut tarder à découvrir notre retraite ; nous avons décidé d'aller offrir nos services au prince Murat, s'il veut nous faire grâce ; voulez-vous toujours nous commander ?

— Qui en doute ? répondit le capitaine en levant son épée en l'air.

— Allons, marchons.

— Et ces enfants ? demanda Fragonard.

— Comment ! ça n'est pas encore fini ? observa

d'un air de mauvaise humeur celui qui avait d'abord porté la parole, et dont le nom signifiait cœur d'acier.

Les enfants recommencèrent à trembler en regardant Testalunga.

— Tout homme n'a qu'une parole, dit Testalunga ; j'ai promis d'attendre la réponse de la princesse Albertini.

— Revenue seulement hier soir à Rome, dit Cœur-d'Acier, elle y a trouvé votre lettre, capitaine ; elle croit son fils mort, et se meurt elle aussi dans ce moment.

— Ma mère se meurt ! s'écria Julio, et perdant subitement cet air noble et impérieux qu'il avait gardé jusqu'alors, il vint tomber aux pieds du capitaine. Ma mère se meurt ! oh ! rends-moi ma liberté, frère Sterno, rends-moi ma liberté ! Combien te faut-il ? parle, combien te faut-il ?

— Tous les diamants de ta mère, qui se montent à plus de cent mille écus.

— Tu les auras.

— Mille louis d'or pour moi.

— Tu les auras.

— Et cent écus pour chacun de mes gens ; ils sont cent cinquante.

— Tu les auras, laisse-moi partir.

— Oui da ! quand je les aurai tu partiras.

— O ma mère, ma pauvre mère ! une heure de retard, et je ne la trouverai plus en vie ! Testalunga, dit-il en se relevant et reprenant sa fermeté, laisse-moi partir : un homme n'a que sa parole, tu viens de le dire, je te donne la mienne que ce soir à minuit, je serai à la Madone avec ce que tu demandes.

— Et sans doute accompagné de plusieurs autres bien armés, dit le capitaine.

— Je te donne ma parole d'honneur que j'y serai seul, et que vous pouvez vous fier à mon silence.

— Qui m'en répondra ?

— Mais tu ne crois donc pas à l'honneur ? s'écria Julio d'un air désespéré.

— Si... dit le capitaine après un moment de réflexion, et puis tes camarades me répondront de ton exactitude... Un de mes gens va te conduire les yeux bandés jusqu'à la Madone. Pars... à ce soir, à minuit, ou par saint Antoine, à une heure tes amis n'existeront plus.

— Soit. O ma mère, ma mère chérie ! je vais te revoir, dit Julio présentant sa jolie tête, sur laquelle on jeta un mouchoir de couleur qui lui cacha la vue.

Hélas ! mes enfants, c'était bien vrai ce qu'avait dit le brigand : la princesse Albertini était à Florence lorsque la lettre de Testalunga arriva à Rome ; ce ne fut que quinze jours après qu'elle la retrouva, et croyant son fils mort, la pauvre mère se mourait aussi.

Refusant toute nourriture, elle s'abandonnait au plus profond désespoir, lorsque soudain des cris de joie l'arrachèrent à l'apathie dans laquelle la douleur l'avait plongée ; les cris approchent ; une voix les domine ; elle écoute... elle croit reconnaître.... l'anxiété la plus vive se peint sur ses traits. Ces mots : *maman*, *maman*, arrivent bientôt jusqu'à son cœur. — C'est lui, c'est Julio, c'est mon enfant ! et la pauvre mère vient tomber mourante dans les bras de son fils.

— C'est toi, c'est bien toi, disait-elle, palpant de ses mains, de sa bouche, de ses larmes, les mains, le visage, les cheveux de son enfant.

— Oui, c'est moi, dit l'enfant ému, mais dont une forte préoccupation dominait l'émotion. Maman, ton fils t'est rendu, ne meurs pas; mais donne-moi vite tes diamants, mille louis d'or et cent cinquante fois cent écus.

— Diavolo! et que veux-tu faire de tout cela? demande un troisième personnage que les cris avaient attiré dans la chambre de la princesse.

C'était le duc de Belmonti, frère de la princesse et subrogé-tuteur de Julio.

— Payer ma rançon, dit Julio; et il raconta à sa mère et à son oncle ce qui lui était arrivé sur le roc, et que vous savez déjà, mes enfants.

— Diavolo, Diavolo! dit le duc, je vais de ce pas avertir la police et faire prendre ces brigands.

— Un moment! dit Julio; la vie de mes camarades tient à mon silence: et quand même, ces brigands ont ma parole d'honneur que je ne chercherais pas à leur faire du mal.

— Il s'agit bien d'honneur ici, avec ces gens-là, dit l'oncle.

— Si ce n'est pas du leur, c'est du mien, mon oncle, et je tiendrai ma promesse, dit Julio avec un air de fermeté que sa mère ne lui connaissait pas encore.

— Oui, oui, mon Julio, tu tiendras ta promesse, dit la princesse, ne pouvant se lasser de regarder et d'embrasser son fils.

— Quoi, ma sœur, dit le duc, vous allez envoyer une aussi forte somme à ces brigands ?

— Que n'ont-ils demandé ma fortune ! ils l'auraient eue, mon frère.

— Et cet enfant ira tout seul à minuit au rendez-vous ?

— Il ira, dit la princesse.

— Et vous ne vous méfiez pas ?...

— De qui, mon frère? d'un homme qui m'a rendu mon fils ? ah ! s'il voulait ma vie, cet homme-là, il l'aurait maintenant.

— Dieu merci, dit Julio, il n'exige que peu de chose ; mais donnez vite, maman, donnez, voici l'heure de partir, Bianco et Mosé m'attendent.

— Et tu n'auras pas peur, Julio? lui demanda son oncle.

— Peur de quoi, mon oncle? demanda le jeune prince étonné.

— Bien répondu, mon fils, dit la princesse en se levant et allant à son secrétaire; tiens, voilà mes diamants; tiens, voilà deux mille louis en or; pars et reviens vite, je ne vivrai pas jusqu'à ton retour... Attends, mais tout cela est trop lourd pour toi; je vais te faire seller ton petit cheval.

Le cheval fut vite sellé; Julio avait l'habitude de le monter; donc le cavalier piqua des deux et le cheval partit au galop.

Ni la nuit, ni la solitude de la route, n'ébranlèrent le courage de mon jeune héros; il était le premier au rendez-vous.

Un quart d'heure après, le capitaine était devant lui, et Bianco et Mosé dans ses bras.

— Tenez, dit-il à Testalunga, voici les diamants, voici deux mille louis; comptez si tout y est.

Mais, au lieu d'avancer, le capitaine recula.

— Voilà la première fois que je rougis du métier que je fais, dit-il en mettant la main sur ses yeux.

Sans l'écouter, Julio posa les objets sur la pierre qui servait de socle à la Madone, et s'éloigna à grands pas tenant ses deux amis sous le bras et le cheval par la bride.

Trois ans après, un frère d'un couvent de carmes vint prier Julio, âgé alors de quinze ans, de vouloir bien le suivre auprès du lit d'un mourant qui avait une restitution à lui faire.

Julio se rendit au couvent, et eut assez de peine à reconnaître, dans ce religieux aux traits pâles et flétris, couché sur une natte de paille, le hardi brigand Testalunga. L'argent était dissipé, mais les diamants, encore intacts, furent remis par lui à Julio, en le priant de lui pardonner.

Le jeune prince serra la main du brigand, et laissant tomber une larme sur cet homme jeune encore, que le vice avait dégradé et conduit au tombeau, il lui dit avec bonté et en lui montrant le ciel : A tout pécheur miséricorde!

PARIS. — IMP. SIMON RAÇON ET COMP., RUE D'ERFURTH, 1.

www.ingramcontent.com/pod-product-compliance
Lightning Source LLC
LaVergne TN
LVHW012012220826
846092LV00001B/324

* 9 7 8 2 3 2 9 7 7 3 3 1 5 *